그리움에게
안부를
묻지 마라

그리움에게 안부를 묻지 마라
저자_ 박해선

1판 1쇄 발행_ 2010. 11. 10.
1판 4쇄 발행_ 2011. 1. 27.

발행처_ 김영사
발행인_ 박은주

등록번호_ 제406-2003-036호
등록일자_ 1979. 5. 17.

경기도 파주시 교하읍 문발리 출판단지 515-1 우편번호 413-756
마케팅부 031)955-3100, 편집부 031)955-3250, 팩시밀리 031)955-3111

값은 뒤표지에 있습니다.
ISBN 978-89-349-4191-0 03810

독자의견 전화_ 031)955-3200
홈페이지_ http://www.gimmyoung.com
이메일_ bestbook@gimmyoung.com

좋은 독자가 좋은 책을 만듭니다.
김영사는 독자 여러분의 의견에 항상 귀 기울이고 있습니다.

그리움에게
안부를
묻지 마라

박 해 선 詩 를 담 은 에 세 이

헤르메스미디어

바다 속에서 홀로 숨 쉬는 심해어처럼 그의 시 정신은 가장 고독한 순간과 접속되어 있다. 그의 시어들은 거기에서 저절로 솟아 지나온 시간들을 투시하고 동시에 물 위에 떠서 흐르는 별들을 호명한다. 자발적 은둔자가 아닌, 고립의 시간 속에 놓인 그의 시편들은 그래서 한없이 고요하고 아프다. 문학적인 기교나 수사적 장치 없이도 흐르는 물처럼 자연스럽다. 그의 시의 비의는 세상의 날카로운 톱니나 비범한 검객의 날선 검 앞에서도 조금도 비뚤어지거나 구겨지지 않는 영원한 아이의 마음에 있다. 이 시대 가장 예민한 매체인 TV에서 빼어난 감각으로 발휘되었던 그의 상상력의 근원 또한 이러한 순수한 시 정신과 고향의 서정이었던 것이다. 마법인 듯 영원히 자라지 않는 아이를 가슴에 품은 시인은 시간 속을 부유하는 비눗방울처럼 살다가 문득 발이 땅에 닿으면 시를 생각한다고 했다. 그의 아름다운 첫 고백이 여전히 유효하다는 것을 다시 한번 확인하며 섬세한 그의 영혼의 회로를 기쁘게 주목한다. _시인 **문정희**

그의 시, 〈아버지〉를 낭독하며 세상을 떠나신 아버지 생각에 하늘까지 내달리고 싶은 충동을 느꼈다. 시인이 시집을 내는 일이란 아주 자연스러운 일일테지만, 그의 이번 시와 에세이집은 그의 인생을 녹여낸 장편 소설을 압축해 놓은 듯싶다. 여러 편의 시를 낭독했다. 낯설지가 않았다. 나의 삶을 대신했기에. '우리 마음대로 사랑하면 행복할 것 같아도 우리 마음대로 못하는 그 무엇이 있어 비로소 사랑은 아름답다.' 그의 글을 읽으며 가슴이 뛰는 것은 나이 하곤 관계없는 정서일 듯하다. _가수 **이문세**

사랑의 열광이 사라졌을 때 시는 나에게서 사라졌다. 사랑에 대한 미련마저 나를 떠났을 때 음악은 그저 예쁜 소리에 지나지 않게 되었다. 남루한 시간의 단

벌옷을 걸친 사내 한 사람이 저기 걸어간다. 내가 알던 사람이었으나 결국 모르는 사람이었다. 그 모름이 나를 오랜만에 뜨겁게 한다. _음악평론가 **강헌**

좋아하는 말 중에 그런 말이 있다. '인생은 가까이서 보면 비극이지만 멀리서 보면 희극이다.' 박해선 시인의 글을 읽으면서 문득 그런 느낌이 들었다. 가까이서 바라보던 전쟁 같은 세상이 문득 멀어지면서 가벼워지는 느낌…. 다른 이에게서 나와 같은 뒤안길을 발견했을 때 느끼는 묘한 위로. 언제나 나를 현실에서 멀어지게 해주는 건 시간이라고 생각해 왔는데, 그의 글을 통해 잠시 격한 세상을 떠나보았다. 다른 사람들도 그러하리라 믿는다. 그의 시를 통해 잠시 일상을 벗어나 가벼워진 마음의 평온을 누리기를, 그의 시가 사람들에게 위안이 되고, 결국 그에게도 위안이 되기를 소망한다. _공연쟁이 **김장훈**

세상 내리는 비 다 맞은 것 같은 시 써 한 권 묶어놓고 이걸 누굴 먼저 보여줄까 고민하셨을 우리 선생님. 제 이름 떠올리셨네요. 꽃은 뽑혀 누구 손에 한 송이 고이 쥐어져 있어야 꽃이라는 생각을 해봅니다. 저, 꽃! 고맙습니다. 그런데, 〈공중전화〉요, 책 중간쯤에 쓰신. 추운 가을 근남수퍼 공중전화통을 붙잡고 사랑한다고 어렵게 희망을 전하던 그녀가 누구인지 읽다가 애닯더라고요. 〈안부〉는 읽다가 눈물이 펑펑…. _가수 **이소라**

음악과 문화와 미디어 그리고 사람을 연결시켜주는 큰형님 같은 분. 그의 글은 사회를 보는 연약하고 따뜻한 인간의 솔직한 고백 같았다. _가수 **윤도현**

단어와 단어 사이에 감춰둔 수줍은 고백, 전하지 못한 이야기는 얼마나 많았을까. 정성스레 써내려간 글을 소리 내어 읽었을 때 안타까운 그의 시간들이 눈앞에 펼쳐졌다. _가수 **유희열**

프롤로그

비가 많이 오는 날이면 학교 가는 길에 있는 외나무다리 건널 일이 늘 불안했다. 긴 통나무를 반으로 쪼개서 눕혀놓은 다리 밑에 잠시라도 눈길을 주면 거센 물살에 다리가 물 위로 헤엄쳐가는 것 같은 어지럼증이 일어 물에 빠지기 십상이었다. 그러면 물귀신이 데려간다고 했다. 아무리 겁이 나고 발밑이 궁금해도 물살에 눈길을 주지 않고 멀리 강 건너를 바라보며 조금씩 발을 내딛는 담력이 있어야 물귀신의 손아귀에서 벗어날 수 있다는 것이다.

물이 많이 불어난 날이면 어른들은 멀리 돌아가야 하는 동아다리를 건너 학교에 가라고 했다. 일제가 남도의 곡식을 군량미로 실어내기 위해 만들었다는 동아다리는 까마득하게 높고 튼튼한 다리였다. 그 다리를 건너서 돌아돌아 산을 넘어 학교에 가면 수업은 이미 한두 시간 지난 다음이었다. 그런 날은 우리가 지각을 했는데도 선생님은 야단을 치지 않으셨다.

그렇게 멀리 돌아 학교에 다녀온 날 밤 하늘에는 큰 별들이 마당 가득 찾아왔고 개구리 울음 소리가 유난히 크게 들렸다.

어른이 되어 내 인생의 등굣길에 비가 많이 내리는 날들을 만났을 때, 나는 또 외나무다리가 불안했다. 그래서 바짓단을 걷고 물살을 가늠해보기도 하고 강 건너를 바라보며 담력을 길러보기도 했지만 눈빛을 보면 마음을 읽을 수 있는 사람들이 동아다리로 돌아가라고 했다. 그러던 중 다시 비가 내렸고 나에게는 우산이 없었다. 이왕에 맞을 비라면 많이 젖지 말라고 걱정하는 사람들을 지나쳐 이제는 선생님이 기다리지 않는 수업에 혼자 늦었다.

그날 여주의 밤하늘에는 주먹보다도 큰 별들이 마당으로 쏟아질 듯 주렁주렁 열려 있었다. 밤 늦도록 우렁찬 개구리 소리가 들렸다.

외나무다리 대신 먼 길을 돌아오느라 오래 걸은 사내의 그림자가 길고 아련했다. 물안개가 깔리는 서늘한 밤의 교교함, 적막, 이사야 1장 18절….

나는 그날의 밤하늘을 평생 잊을 수가 없게 되었다.

나의 의지나 선택과 상관없이 가족과 떨어져 여러 곳에서 지낼 수밖에 없었던 일 년여의 시간. 이 글들은 대부분 그 기간에 씌여진 나의 그리움에 대한 기록이다. 그 시간들이 시가 되고 일기가 되고 편지가 되었다. 그리움의 강에 몸을 적시지 않으면 사랑은 찾아와주지 않는 법이다.

시 원고들을 타이핑해서 다짜고짜 찾아온 나에게 시집 출간을 해본 적이 없다면서도 단번에 이거 책 만듭시다, 라고 선뜻 마음을 내어주신 김영사 박은주 사장님. 그 많은 분량의 일기와 편지들을 일일이 타이핑해주신 동부이촌동 비둘기부대. 백사장에서 사금파리 찾듯 일기와 편지글들을 편집해 주신 문미경 팀장님께 거듭 감사드린다.

내 평생의 멘토 안 회장님, 나의 수호천사 홍 회장님.

여기에 적는 대신 내 가슴에 기록한 사랑하는 사람들. Y.K.L.H….

특히 나의 아내 그리고 나의 딸과 아들. 수많은 나의 가족들에게도.

박해선

…부발의 골목길에 서 있는

자동차를 나는 잊을 수가 없다….

차례

마음마다 길이 있다

—

헤매는 자 다 길을 잃은 것은 아니다

Not all those who
wonder are lost

—그리움에게 안부를 묻지 마라

길을 잃어본 적 있나요.

들판에 나갔다가 해 저물어

천지 분간 못할 어둠 속에 있어본 적 있나요.

잃어버린 길을 다시 찾은 적 있나요.

우리는 길을 잃어버린 줄 알지만

그 또한 길을 따라가고 있다는 것을 아나요.

결코 잃어버릴 길은 없으며

길은 잃어버리는 것이 아니며

헤매는 것은 길을 찾는 것이 아니며

그것이 길임을 알아가는 과정이지요

지금 길을 잃어버렸다 생각하나요

당신은 지금 당신이 가려던 길 위에 서 있는 셈인데요.

헤매는 것을 두려워하지 마세요.

벌판이 그대 너른 길일뿐이에요.

결 고운 생각과
예쁜 무늬 시간과
고운 마음
쓰다듬으며 살아도
모자란 인생

—그리움에게 안부를 묻지 마라

나도 남

─

남들에게 정성껏 잘하고 살아야지.
남들에게 나는 또 다른 남 아닌가.
결국 나에게 잘하고 사는 셈.
미워하지 말고 구순하게 말하고 생각도 착하게 하고
나도 남들의 남이니까.

좋은 아침이다.

창 너머에서 빵 굽는 냄새.

어디더라.

발음이 거의 빨히 같은 빠리.

뽈라스드끌리시를 지나 매리드쌍두앙 전철역 위 블랑저리에서

바게트 팔던 주근깨 소녀.

어깨를 툭! 치면 우수수 쏟아질 것 같은 얼굴 위의 점들.

살짝 웃을 때 보이는 치아교정기 생각이 난다.

손등을 덮는 소매 긴 가죽점퍼.

담뱃진이 밴 손가락으로 긴 막대기 빵을 건네주며 브왈라voila! 한다.

말랑한 속살이 숨어 있지만 겉은 딱딱한 빵.

착한 처녀 같은….

제일 순한 치즈 까망벨 한 조각을 입에 함께 문다.

이 아침도 발리에 가 있는 사람은 발리의 아침을

마다가스카르에 있는 사람은 마다가스카르의 아침을

베니스에서 자고 일어난 사람은 베니스의 아침을 맞겠지.

시차가 있더라도.

아님 크루즈 위에서 비행기 속에서라도.

사랑스런 아내의 품속에서 아침 기지개를 켜는 사람도 있겠지.

이 세상에 나오느라 어미의 산문을 빠져나오는 스릴과 감격을 사는

아이도 있겠지.

저마다의 인생
저마다의 건반 위를 걷는 거겠지.

지금 당신은
이 아침
무슨 생각에 펄럭이시는가?
눈만 감으면 떠오르는 창틀 너머 바게트 냄새.
아… 당신 냄새.

새벽부터
비
내리신다.

강원도 가뭄이 어떻다느니 호주 산불이 어떻다느니

다 시끄럽다! 하시듯

하늘에서 비님이 내려오신다.

그리운 내 님 품속처럼 촉촉이 비 내리신다.

땅속 깊은 곳의 씨앗들 새순들 자다가 부르르 몸 떨고는

한 번씩 꿈쩍이겠다.

이 비 뚫고 내게 오시는 내 님.

아침은 아침대로 반갑고 저녁은 저녁대로 그립다.

눈 뜨고 눈 감으면 스러지는 일상.

이 아무것도 없는 황량한 가슴에 그리움이 이는 것은

또한 얼마나 축복이냐.

아름답고 황홀하지 아니하냐.

마음마다 길이 있다 —

과거는 고체이고
현재는 액체이고
미래는 기체다.
어쩔래?

고 체 속 에 는 생 명 이 없 다 .

―그리움에게 안부를 묻지 마라

오늘은 오늘이라는 꽃봉오리라지.
그렇지 나에게 다시 오지 않을 오늘 아닌가.
놓치면 잊지 못한다는 끼니처럼

오늘을 놓치지 말아야지.
꺾어온 할미꽃처럼 시드는 것이 안타깝더라도
꼭 오늘을 꺾어와야지.

—그리움에게 안부를 묻지 마라

인간의 육체는 압력이 없으면 파멸된대. 그와 똑같이 인간의 정신도 고뇌라는 압력이 없으면 파괴된대. 원하는 것마다 다 되고 소원마다 성취되면 인생이 귀하지도 않고 살아도 죽은 것 같은 가사상태의 삶이 계속되어 열흘을 살아도 하루를 산 것과 같대.

반드시 필요해서 양식처럼 찾아온 고통을 혹은 고뇌를 괴로움으로 생각지 말고 받아들여 즐겨야 한다나. 그래야 진정 행복을 안대. 아, 드디어 찾았다. 행복!

그래도 괴로움이 없었으면 좋겠다.

물이 나를 살리고 있다는 것을 깨닫기 위해서는 극단의 갈증이 필요한 것처럼, 고통스러운 병은 건강의 중요성을 깨닫게 해주고 늙었다는 것은 젊음의 소중함을 일깨워주고 극단의 구속은 자유의 소중함을 알려준다네.

그렇다면 우리가 그토록 싫어하고 피해왔던 불행들이란 행복을 느끼기 위해 반드시 필요한 조건이라는 것이야. 죽음 직전에 살아나야만 삶의 기쁨을 가장 크게 맛볼 수 있다면 모든 불행과 고통을 어찌 마다할 수가 있겠어?(쇼펜하우어는 뭘 이리 잘도 알았을까나)

요즘 읽고 있는 책 이야기

지셴린이라는 중국 학자가 쓴 《다 지나간다》라는 책.

수필집인데, 놀랍게도 지셴린은 아흔이라는 연세에 이 책을 썼어. 중국에서는 국가의 스승이라 추앙받는 분인가봐. 그분이 나이 아흔에 두 눈이 거의 실명에 이른 거야. 안구 뒤쪽에 두꺼운 막이 생겨서 손을 뻗으면 다섯 손가락을 구분할 수 없는 지경에 이르렀대. 그래서 눈 수술을 받기로 한 거야. 그런데 40년 넘게 심부정맥을 앓아온 터라 걱정이 되었다나. 만일 수술대에서 심방이 경련을 일으킨다면 30초 내에 실명을 할 수도 있으니. 그래서 실명하고서도 유명인사가 된 사람들이나 실명 속에서도 명저를 남긴 훌륭한 선생들을 떠올리며 스스로를 위안했대.

하지만 좀처럼 마음이 가라앉지 않았고, 이유도 모른 채 소동파의 '밝은 달은 언제부터 있었을까, 술잔을 들고 하늘에 물어본다'는 시 구절만 수없이 되뇌었대. 그런데 레이저 수술을 받고 거짓말처럼 세상이 보이기 시작한 거야. 하늘도 구름도 산도 물도 불도 옛 친구를 다시 만난 듯 모든 것이 반가웠대. 연못가에 늘어진 버드나무 가지는 연못에 비친 그 그림자까지 선명했고, 물속에 노는 작은 물고기와 가늘고 긴 다리를 길게 뻗고 물 위를 뛰어다니는 벌레, 연잎에 맺힌 물방울도 한 폭의 그림이었다누만. 그가 키우는 고양이 네 마리의 눈동자까지 오묘한 빛을 냈다지.

한마디로 세상이 밝아져 모조리 눈 속으로 들어왔대.

덩실덩실 춤이라도 출 듯 기쁘더래.

—그리움에게 안부를 묻지 마라

정말로 알았네, 세상이 아름답다는 걸.
정말로 알았네, 인간 사는 곳이 수려하다는 걸.
정말로 알았네, 우리 삶이 사랑스럽다는 걸.

눈이 아프고 나서 이렇게 깨달았다는 거야.
그렇지만 다시는 눈이 아프지 않게 해달라고 빌었다는 거지. 하하하.
나이 아흔에 수필집을 내는 노익장이 그저 탄복스러울 뿐.
나이와 상관없는 섬세한 감성과 세상을 보는 따뜻한 눈, 풍부한 지적
호기심과 내면으로의 끝없는 여행 의지, 그것만이 따분한 일상에 배달되
는 싱싱한 에너지다 싶어.

—그리움에게 안부를 묻지 마라

요새 개구리가 연애 시즌인가.

해만 지면 요란한 개구리 왕왕 소리가 음악처럼 들린다.

지금도 아주 신났다.

엊그제 연못 앞을 지나다 처음 느꼈는데 그날이 시이작! 하는 날이었나.

불 꺼진 마루에 앉아 열린 창문으로 살랑살랑 들어오는 바람결에 개구리 소리를 듣고 있으면 바로 마음이 초록빛이 되는 기분. 온갖 어지러운 생각의 고리들은 대번에 싹 끊겨버려.

소리에 색깔이 담길 수 있음도 새로운 앎이다.

다른 해에는 왜 못 들었을까.

쟤들이 올해 이사를 왔나.

아님 그때엔 세상사에 신나 마음에 겨를이 없어서 있어도 듣질 못했나?

근데 신기하기도 하지, 도대체 어디서 어느 시간에 이 콘크리트 도시 안으로 들어와 부족한 대로 적당한 자리에 터를 마련하고 살아있다고 저리 세상 밖으로 소리소리 지르는 걸까?

아니 노랠노랠 부르는 걸까?

아름다운 삶의 확증.

저 드러냄.

소스라치는 생명.

최고의 영문학자라 칭송받던 장왕록 교수의 딸이자 자신도 영문학자였던 장영희 교수랑 화가 김점선 씨 둘이 원래 친했다잖아.

김점선 씨를 억지로 병원에 데려가 검진을 받게 한 것도 장 교수래.

결과 알고 나서 김 화가가 '축! 암~'이라고 장 교수한테 제일 먼저 보고 했고 서로 암 투병하면서도 죽기 직전까지 낄낄거리며 마지막 책 교정 보고 그랬대.

보다 못한 박완서 씨가 김점선 씨한테 너처럼 촐싹대는 암 환자는 처음 본다고 제발 비관적이 되는 법도 좀 배우라 그랬다더니.

그러다 앞서거니 뒤서거니 하며 사이좋게 갔네.

김점선 씨 49재 날 장 교수가 따라갔다니 죽어서도 심심치는 않겠어. 죽어보니 괜찮다고 그만 고생하고 오라 불렀나.

평생 자야겠다고 맘 먹고 잔 적이 한 번도 없었다는 장 교수. 장애를 극복하고 구김살 없는 맑은 영혼으로 인생을 압축파일로 살았으니 그만 됐다 데려갔나봐.

암튼 멋지더라.

그렇게 살다 그렇게 가면 고정관념으로 정해진 나이도 그닥 중요할 게 아니다 싶어.

모두 세상의 무거운 껍데기를 달팽이처럼 끌고 다니는데 두 사람 다 민달팽이처럼 가식을 훌훌 벗고 온 몸으로 세상을 살아냈다 싶어.

마음마다 길이 있다—

—그리움에게 안부를 묻지 마라

행복한 오늘

중학교 시절 광주에 사는 친구 영길이와 한 주에 한 통꼴은 된다 싶을 정도로 자주 편지 왕래를 했다. 무슨 할 말이 그리 많았는지 보낸 편지의 답장이 오기 전에 다음 편지를 보내곤 했다. 그러던 친구의 편지 속에 어느 날 말린 커다란 단풍잎 하나가 들어 있었다. 그 단풍잎 위에 또박또박 적힌 글귀. 〈내일내일 하기에 내일이 언제냐 물으니/ 한밤만 자면 내일이라고/ 한밤 자고 깨어나니/ 내일이 아니고 오늘이더라/ 친구여 내일은 없느니….〉 오랜 시간 전에 보내온 메모의 글씨체까지 지워지지 않고 기억이 난다. 그 어린 나이에 무엇을 알고 그런 글귀를 써 보냈을까. 어디선가 읽고 맘에 들어 옮겨온 말일시 분명하나 그 나이에도 뭔가 있다 싶어 했기에 지금까지 그 문장이 기억되는 것이리라.

내일은 없느니… 그래 오늘만 이어지는 것이 인생이다. 내일에 올 영광도 오늘은 모르는 것. 내일 몫의 괴로움도 오늘 알 수 없는 것. 어쩌면 내일은 영원히 오지 않을 개념상의 시간일지 모른다. 생각해보면, 불행이 없으면 행복도 존재하지 않고 행복이 없으면 굳이 불행이 생겨날 리도 없다. 이 둘이 서로 버무려져 오늘 밥상 가득 차려져 있다. 꽃이 피었다가 지는 것을 아쉬워하지 말고 꽃이 피었을 때 그 꽃을 즐길 줄 알아야 한다고 말하는 듯이.

어느 날 영길이에게 이 글귀를 문자로 보내고 기억하느냐고 물어봐야겠다. 그 때 무슨 심정으로 이걸 보냈었냐고. 하긴 친구는 주말 주중을 가리지 않고 이산 저산에서 풍경을 찍어 그림 메일로 내게 보내며 근황을 알린다. 항상 행복해 보이는 오늘을 내게 알린다.

뉴스에 가득한 싸움질
띠를 두른 노조와 전투복 경찰들
달리는 버스에 총을 쏜 소년들

:
:

부음 란을 읽다가 문득 깨달았다.
아름답다.
모두 살아있지 않은가?

—그리움에게 안부를 묻지 마라

세상살이의 재미

누구의 말도 온전치 않아
우리는 짐작 위에서 삽니다.
생각이 다 있어도 맞는 생각 따로 없고
들리는 말 많아도 모두 다 달라
섞이면 결국 아무 생각이 없고
어떤 말도 말이 아닙니다.
생각마다 옳고 말마다 맞으면
세상 무슨 재미로 살까.
…혹은…
어느 한 사람의 생각만 계속 옳으면
세상 그 사람 손아귀 속이요
어느 말만 늘 맞다면
그 말의 종 되겠지요.
서로 모를 일을 아는 것처럼
틀린 말 해대며
짐작의 밧줄 위에 쥘부채 들고 오르니
떨어질 때까지가
세상살이의 재미 아닌가 합니다.
그럼 짐작의 밧줄이 神인가요
구경꾼이 神일까요.

쉬운 말만 하고 살자.
정치 경제 사회 문화 체육 다 잊고
100단어만 쓰고 살자. 100단어만.

손가락 수만큼만 숫자를 헤아리는
아프리카 어느 부족보다 당신이 더 행복하다 말할 자신이 있나요.
형용사 부사 조사가 없는 세상.
당신은 형용사에 불편하고 나는 조사에 엮여 있는 세상
그것들 다 버리면 못 살 것 같나요.

—그리움에게 안부를 묻지 마라

마음마다 길이 있다 —

살면서 하면 안 되는 일 중에

첫째는 걱정을 가불하는 일이다.

아직 일어나지도 않은 내일 일을

오늘 앞당겨 걱정하는 일.

내일을 걱정하지 마라.

내일 몫의 괴로움은 충분히 있다.

— 그리움에게 안부를 묻지 마라

지금이 순응하며 살 수밖에 없는 순간이라면
마음의 갈등을 다 잠재우고 순응하라.
후에 지금의 시기를 언제든
편집할 수 있다고 생각하라.
세상에 편집이 안 되는 영화는 없다.
당신의 인생도 그렇다.
찍지 않은 필름을 집어넣을 수는 없어도
찍은 필름은 아주 쉽게 잘라낼 수 있다.

어느 기자가 테레사 수녀님께 물었대.

수녀님, 평생 기도를 하셨는데

기도할 때마다 무슨 말씀을 드리나요?

하나님께 무슨 말씀을 드리는 게 아니고 그냥 들어요.

아! 그래요. 그러면 하나님께서는 뭐라고 하시나요?

(침묵)

아무 말씀도 없으세요.

하더래.

종교도 어느 경지에 이르면 다 같아지나봐.

결국은 마음공부인 것 보면….

그리움에게 안부를 묻지 마라

마음마다 길이 있다 ―

─그리움에게 안부를 묻지 마라

유마거사의 일갈,
마음을 떠난 몸은 없다.
당연히 몸도 마음이다.
세계를 떠나서 중생이 없듯.
이 몸을 꼬드기지 마라.
죄가 크다.

세상의 모든 일은 농담이고 인간은 최고의 광대라네
베르디가 여든 살에 작곡한 오페라 -〈팔스타프〉의 노래

神처럼 느껴지는 아버지들이 출근하고 난 시간
제 몸만치나 큰 풍뎅이가방을 멘 유치원생들이
노란색 버스를 타고 유치원에 도착하면
선생님이 연극 시간이라며 의상을 한 벌씩 나누어주신다.
너는 임금님 너는 왕비 너는 공주 너는 시녀 너는….
의상을 갈아입고 연습을 하고 공연을 한다.
연습을 했어도 왠지 불편한 무대
어색한 배역 어색한 대사
간식을 먹고 오후나절이 되면
입었던 의상들 벗어놓고
풍뎅이가방 메고
아이들은 집으로 가는 버스에 오른다.

우리네 세상살이가 유치원생 연극과 무엇이 다를까?
주어진 시간
내가 원하지도 생각지도 않았던 배역
조금 헐겁거나 꼭 끼는 의상
출처를 알 수 없는 시나리오.

풍뎅이가방 속에 무얼 담아 집으로 갈까나.

—그리움에게 안부를 묻지 마라

누군가의 '밥'으로 살아가자며
평생 카드 한 장
통장 하나 없이
모든 사람의 '영혼의 밥'으로
살다 가신 추기경님.
그분의 얼굴이
점점 더 힘들어하는 당신에게

"조금만 참아라 다   지나간다"
하신다.

　　　　　　　　　　　　　　─그리움에게 안부를 묻지 마라

마음마다 길이 있다 —

―그리움에게 안부를 묻지 마라

베르베르에게 한국소설 읽어봤냐니깐

자기는 프랑스 작가 작품도 안 읽는다고.

아니 작가가 글을 읽지 않는다니 했더니

빅토르 위고가 그랬대나

소는 우유를 마시지 않는다고.

베르베르의 소설이 가장 많이 팔리는 나라는 대한민국.

그럼 우리는 이 축산업계에서

소야?

목동이야?

우유야?

치즈야?

달 력

찬바람 부는 빈 나뭇가지 너머로
먼 산을 바라보면
나무들이 꾸는 꿈
대지가 꾸는 꿈
바람이 꾸는 꿈이 보인다
세상에 나오고 싶어 발가락이 간지러운
새순들의 꿈이 보인다

365일!
아무도 살아보지 못한
새로운 꿈의 다발이 우리 손으로 건너왔다
아… 차갑다
점점 따뜻해진다

살아있다

—그리움에게 안부를 묻지 마라

그 냥 _
한 나 절

종종 연락이 닿지 않는 삶을 사세요
당신만의 유예된 공간
당신을 붙잡는 수많은 손
귀로 파고드는 수천의 전파, 수만 카메라
아무도 모르는 그곳에서
당신 생각만 하세요
당신 꿈만 꾸세요
이제 그만
남의 꿈
남의 눈빛과 셈
다 잊고 그냥
한나절
푹 주무세요

― 그리움에게 안부를 묻지 마라

다
지 나 간 다

머무르고 싶었던 순간들 모두

어디쯤일까 돌아보면 먼 산

황금빛 노을만 가득 담은 강물

다 지나갔다

오금이 저리도록 안타까운 순간들

그리운 사람들

울며 웃으며 다 지나갔다

어쩔래

나 잡아봐라 스쳐가는 지금 이 순간들을 어쩔래

무얼 잡고 싶은지 어디 머무르고 싶은지

말해보렴

네 말 듣지 않겠다고 귀 막고 달아나는

지금 이 시간들을 어쩔래

다 지나간다

다 지나갔다

걱정 마라

산 수 유

우리집 마당의 산수유는
목련보다 앞서 핀다

꼭 그런다

둘이 약속한 것도 아닌데
해마다 그런다

감나무 잎사귀는 아직도 겨울인데
작은 산수유는
들킬 듯 말 듯한 미소만 비친다

새가 날아오려면 아직 시간이 필요하다
산수유꽃 그늘을 지나치며 새소리를 내본다

중 환 자 실
어 머 니

아프지 않은 모든 시간은 아름답다

다치지 않은 모든 사람들은 행복하다

네 인생이 지루하거든 중환자실에 가보아라

포도송이처럼 링거병이 달려 있고

산소호흡기 쉬이 하는 소리가

네 골수까지 울려

초록색 간호복이 시야를 가릴 때

아랫도리 기운이 녹아내리고

숨죽이는 심장이 느껴질 때

인생의 환희 같은 것들에 대해 이야기해 보아라

네가 가진 희망의 속삭임 같은 것들을 떠올려보아라

부질없는

네 중요한 약속 같은 것을 떠올려보아라

너 로
인 해

너로 인해 난 더
아팠으면 한다
너로 인해 난 더
괴로웠으면 한다
그리하여
내 가슴 옆구리 어디에라도
사금파리에 베인 듯
흉 지기를 바란다
행여 내가 걸어야 할 사막의 시간
서늘한 달빛 온누리에 넘칠 때
그 흉 하나
내 가슴에
훈장처럼 빛나기를 바라는 것이다
자랑스럽게 홀로 빛나기를
바라는 것이다

—그리움에게 안부를 묻지 마라

오 현
스 님

좋은 일이란

궂은 일을 끌고 다니는 걸 몰랐구나

이제 단내 나지도 않을 것 같은

내 피를 빠느라 정강이에 앉은 모기

손바닥으로 맞아 형체도 없이 죽는다

한 방울도 되지 않는 내 피를 다 보여주며…

너에게도 이승과 저승이 있을 터인즉

죽음이 괴롭거든 부디 다시 태어나지 마라

무엇으로도!

맹 세 하 지
마 라

맹세하지 마라, 다짐하지 마라
어제처럼 그제처럼
네 마음을 따라가라
이슬 젖은 길섶에서
물안개를 만나자
마음마다 길이 있다
너는 네 마음의 길 따라가고
나는 내 마음의 길 따라가고
그 길에서 우리 마주치자
길고 먼 길 다스려온 강물로 만나자
만나 얼싸안고 바다처럼 울자

—그리움에게 안부를 묻지 마라

모 과

깃들고 싶었지요
모과나무 꼭대기
설익은 모과 곁에

서툰 둥지 틀어
익을수록 배어나는
그 향에 취하고 싶었지요

어렵게 오래 자라
단단하게 굳어진
그 몸뚱아리가 좋았지요

세상 단풍 다 지도록
잎이며 열매 달고
춥도록 서 있는 그 모습이 좋았지요

길 위에
서 면

길 위에 서면
세상이 나와 상관있다가
이내 상관없어진다

모든 길들은 너를 향한 길이나
너를 향한 길이 없고
모든 길은 너로부터 멀어지는 길이나
멀어지는 길이 없다

안타깝지 않은 길이 없고
그립지 않은 추억이 없다

길 위에 서면
내가 길이 될 때까지 걸어야만 한다
네게로 가는 길이 될 때까지

—그리움에게 안부를 묻지 마라

마음마다 길이 있다—

기 도

하찮은 일들에 생각을 빼앗기지 않게 하시고
삶의 쭉정이와 알곡을 구분할 줄 알게 하소서
마음속의 소중한 것들이
처음의 모습대로 간직되게 하시고
햇빛과 그늘을 함께 볼 수 있게 하소서
자만의 늪에서 멀리 서게 하시고
때로 무념의 강가를 거닐게 하소서
하루의 시간이 짧음을 알게 하시고
마지막 날에 오늘 하루도
짧지 않았다고 여기게 하소서

—그리움에게 안부를 묻지 마라

말 씀

.

8할만 먹어라
세상 음식 8할에 꿈을 2할 섞어라
삼복을 넘기시는 팔순의 아버지
꿇어앉은 아들 여섯 고명딸 하나
지금이 모두 전성기라는 걸 알아라
따로 행복이 없다는 것을 알거라

—그리움에게 안부를 묻지 마라

물 한
컵

탁자 위에 놓인 한 컵의 물
그대의 나이는 얼마나 되시는가
오랜 세월 몇 번이나 몸을 바꿔
내 앞에 마실 물로 나타나시었는가
나도 오래된 존재다
우리가 만난 적은 없을까
내가 지닌 두 염색체가
몸을 바꿔
누대를 살아오는 동안
내 그대를 언제 마주하였는지도 모른다
이별하는 여인의 다스운 눈물로
대지를 덮고 피는 안개의 얼굴로
아니면 전장에 솟구치는 뜨거운 핏방울로
오늘 이렇게 마주하여 몸을 섞고
다시 또 그대를 만날 날처럼
아득한
시간의 저편에서
어쩌면

나의
가슴이
이리
저리듯
그대도
―

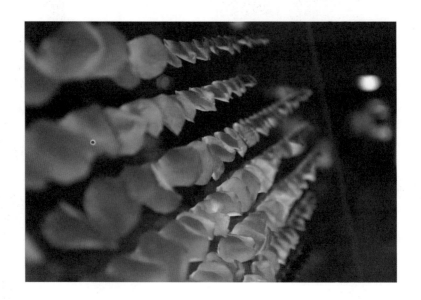

─그리움에게 안부를 묻지 마라

포클레인으로

꽃을

심을 수는

없다.

빛나기길 바라는 상상

강병수는 꼭 대학생처럼 생겼다.

대머리도 아닌 약간 곱슬머리가 머리에 붙어 있고 안경을 꼈다. 키는
1미터 78센티미터 정도.

"자네는 왜 왔어?"

"원래 배운 게 없어서 돈 버는 걸 했습니다. PC방 뭐 이런 겁니다. 많이
말아먹었죠. 원래는 ㅇ대에서 복싱 선수로 학교에 다녔습니다. 그런데
몸에서 하체 비중이 너무 커서 힘들었습니다. 하체 비중이 너무 크면
발이 느려 아웃파이터를 할 수가 없어요. 그래서 인파이터를 해야 하는데
인파이터는 일단 맞을 각오를 하고 들어가야 하는 겁니다. 어느 날 좀
심하게 맞고 나서 앞으로 한 게임만 더 뛰면 죽을 것 같다는 생각이 들어
그만두었습니다.

어려서 폭력으로 한 번 다녀간 적이 있는데 PC방 망한 후에 그때 친구들
과 연결되어 절도를 하게 되었죠. 여러 명 중에 저만 걸렸어요."

"하체 비만 때문인가?"

"아니오. 양갈래 길에서 나뉘었는데 쫓는 쪽이 제 쪽을 선택한 거죠."

"그래도 선택받은 거로군."

"혼자 했다고 뒤집어썼어요."

"의리를 남자의 중요한 덕목이라고들 하지."

"그런 게 아니라 다른 사람들 불어서 함께 들어가도 제 형량이 감해지는 게
아니라는 걸 조사 과정에서 알고는 그냥 제 몫만 감당하기로 한 거죠."

"결혼은 했어?"

—그리움에게 안부를 묻지 마라

"예. 한 4년 살았는데 헤어졌습니다."

"그냥 살지. 별 여자 없는데."

"그림 하는 친구였습니다. x대 미대 출신으로 유학까지 다녀온 친군데 워낙 개방적이어서 힘들었습니다. 제가 헤어지자고 했습니다."

"왜? 집에 늦게 들어오고 그랬나?"

"그러기도 하고…."

"외박도 해?"

"네. 워낙 애인도 많고 외박도 잦고… 제가 안, 강, 최 중의 강 씨잖습니까?"

"성씨 땜에 독한 면이 있다는 말이로군."

"늦게 들어오고 그런 건 얼마든지 참을 수 있었습니다. …그런데 제가 키운 사랑이 망가지는 건 힘든 일이잖습니까?"

"애는?"

"없습니다. 혼인신고도 안 했구요. 결혼식은 정식으로 했습니다."

아무 대꾸 없는 내게 불현듯 생각난 말을 하려는 사람처럼 강병수는 덧붙였다.

"헤어지자고 할 때 집사람이 혼인신고 하자고 매달렸습니다."

이야기를 주고받은 몇 분 사이에 이 젊은이의 십여 년이 지나갔다.

누가 누구를 못 견뎌했을까? 그녀는 또 어떤 고릴라였을까?

"사랑이 망가지는 건 힘든 일이잖습니까?"라고 말하는 그의 얼굴 위로 혼인신고 하자고 매달리는 애인 많다는 그녀의 얼굴이 오버래핑되었다.

그를 두고 하는 나의 어떤 상상도 빗나가기를 바랐다.

오후 내내 괴롭더니

정말 진통제라는 게 신기하네.

내 정신을 말짱하게 두고 통증만 가라앉히다니.

그리움만 가라앉히는 약도 있을까?

하지만 고통스러워도 그리움이 펄펄 넘치는 쪽이 낫지?

대답해 봐. 내 말이 맞지?

죽도록 기다리다가 초록재와 다홍재로 스러졌다는 미당선생의 질마재

신화처럼.

나의 가슴이 이리 저리듯 그대도 —

— 그리움에게 안부를 묻지 마라

점쟁이가 내 인생에 외로움이 들어 있다고

심각하게 이야기했을 때

그래요? 하고 놀랬드랬는데

외로움이 들어 있지 않은 인생이

도대체 인생일 수 있겠는가.

외로움 없이도 사랑할 수 있겠는가.

장마철 수박처럼

그 사랑에 단맛이 배일 수 있겠는가.

티브이 다큐멘터리에 나오는 풀빵각시 남은 애들은 이제 어떡허냐?

풀빵 장사를 하며 일곱 살, 네 살 두 아이를 키우는 서른여덟 된 소아마비

아줌마.

잠깐 살다가 어딘가로 가버린 애들 아빠.

소아마비라는 천형에 위암 말기.

항암치료 사이사이 아픈 몸을 이끌고 제대로 먹지도 못하면서 풀빵을 팔아.

웃으면서.

더 기막힌 건 거의 엄마 노릇하는 일곱 살짜리 딸.

정말 하나님은 현실의 인간들 삶에 아무런 관심도 없으신 게야.

인간들 스스로 제행무상이지.

그 풀빵각시의 삶이 테레사 수녀의 삶보다 덜 거룩하다고

누가 말할 수 있겠어.

나의 가슴이 이리 저리듯 그대도—

—그리움에게 안부를 묻지 마라

지금 나는 내 마음 안에 있습니다.
당신은 내 마음의 저편에 계십니다.
내가 그대의 편으로 가
그대 마음 안으로 들어가면
그대는 저편을 열어 내게 젖을 물립니다.
그대는 나의 어머니, 나의 아내, 나의 애인,
그대는 나의 모든 여자입니다.

사랑합니다.

그대가

나의 모든 여자이기에.

미련도 없고 아쉬움도 없고

미움은 더욱 없고 원망도 없다.

사랑만 안고 뚜벅뚜벅 새벽안개 속을 걸으면 된다.

나의 시선이 안에 머물면 된다.

—그리움에게 안부를 묻지 마라

당신이 메모해 둔 곳.

거기에 가자.

가서 천국을 보고 오자.

나의 가슴이 이리 저리듯 그대도—

이 밤 오현 스님이 그립소.

그 가르침이 내내 머릿속을 떠나지 않아.

사랑이란 비위 맞추기라는 그 절대적인 해석도 평생의 날 지배할게요.

사랑이란 에로스도 아가페도 플라토닉도 아니고

그저 내가 사랑하는 사람이 싫어하는 일은 하지 않는 거.

내가 사랑하는 사람이 좋아할 만한 일을 하는 거.

그 사람의 비위를 상하게 하지 않는 거.

그 사랑 해법에는 남녀 간의 사랑도 부모 자식 간의 사랑도 친구 간의 우정도 세상에 대한 사랑도

모두다 녹여낼 수 있는 그윽함과 거룩함이 있다오.

외로움은 질환이다.
약이 소용없는 독한 질환이다.
오직 사랑으로만 치유가 가능하다.
하지만 그 사랑이 외로움을 키운다.
한없이 외로워하라.
그 외로움만이 사랑으로 가는 유일한 통로다.

―그리움에게 안부를 묻지 마라

나의 가슴이 이리 저리듯 그대도—

아직 법명도 모르는 비구니 스님
환속한 거실 탁자 위 유리에 눌려 반듯한 '인연설'이라는 글귀

함께 영원히 있을 수 없음을 슬퍼 말고

잠시라도 같이 있음을 기뻐하고

더 좋아해 주지 않음을 노여워 말고

이 만큼 좋아해 주는 것에 만족하고

나만 애태운다고 원망 말고

애처롭기까지 한 사랑도 할 수 있음을 감사하고

주기만 하는 사랑이라 지치지 말고

더 많이 줄 수 없음을 아파하고

남과 함께 즐거워한다고 질투하지 말고

그의 기쁨이라 여겨 함께 기뻐할 줄 알고

이룰 수 없는 사랑이라

일찍 포기하지 말고

깨끗한 사랑으로 오래 간직할 수 있는 나는

당신을 그렇게 사랑할 것입니다.

고운 눈과 맑은 정신으로 나의 모든 내력을 꿰뚫어보는 듯한 그녀

무엇이 그녀를 출가하게 하고

또 무엇이 그녀를 환속하게 했을까.

아!

인연!

　　　　　　　　　　　　　　　　　　—그리움에게 안부를 묻지 마라

아!
인연!

나의 가슴이 이리 저리듯 그대도—

우 리 가
이 승 에 서

전생에 서로 미워해서

지금 그대를 사랑하게 된 것이면

이 생의 끄트머리에

난 그대를

일부러 미워할 것이다

전생에 못 만나 그리워만 했기에

지금 그대 사랑하게 된 것이면

난 또 그대를 이승에 잠시

일부러 못 만나 그립기 바랄 것이다

그런 게 아니라면 이 사랑을

다음 생엔 어쩌란 말이냐

나더러 어쩌란 말이냐

—그리움에게 안부를 묻지 마라

새 벽

이 슬

이 세상에 첫사랑 아닌 사랑이 있느냐
이 세상에 새날 아닌 어느 하루가 있느냐
이 세상에 새로 피지 않은 꽃이 있느냐

새벽이슬 털며 네게로 가는 내 발자욱
여명의 푸른빛에 가슴을 녹이며
오늘의 널 처음 만나러 간다

양평 물안개로 피어나 천지간에 날 감싸는
그대 날마다 새로운 사람아
꽃잎처럼 날마다 반가운 사람아

나의 가슴이 이리 저리듯 그대도—

사 랑 이

우리 마음대로 사랑하면
행복할 것 같아도
우리 마음대로 못하는 그 무엇이 있어
비로소 사랑은 아름답다

—그리움에게 안부를 묻지 마라

첼 로

가슴 가득 그대를 안고 싶었지요

낮게 속삭이며 더러 흐느끼며

오래 나누고 싶었지요

시간이라는 멜로디

나의 애무에 간지럼 타시면

스·타·카·토

나의 사랑

나의 가슴이 이리 저리듯 그대도—

한 오백
년

그대 느낌 위에 내 느낌을
그대 생각 위에 내 생각을
사랑하듯 포개놓고
시간과 호흡을 섞어
한 오백 년 살고 싶었다
한 오백 년 살고 싶었다

그 녀

그녀가 내게 강을 주었다
새벽이면 홀연 물안개 피워 올리는
잡초 언덕 너머
들판과 사랑하는
노을 지면 하늘과 하나 되고
별이 뜨면 별빛과 하나가 되는
은빛 이마의 강을 주었다
강물 위로 날갯짓 하는
나비의 웃음소리 들릴 때
언뜻언뜻
쉬어가는 바람의 얼굴이 보인다

—그리움에게 안부를 묻지 마라

내 가
그 럴 듯

내가 그렇듯 그대도 그럴 것이다

나의 눈 속에 박힌 그대 얼굴

나의 이마 가득 그대 생각

나의 가슴이 이리 저리듯 그대도 그럴 것이다

어디에 있든 무엇을 하든

내가 그렇듯

그대도 그럴 것이다

사 랑

너는 나로 인하여 등에 푸른 낙인 찍혔구나
귀여운 나의 악마
나 또한 즐겨 너의 노예가 되리
해 지도록 온 하늘에 종달새 되리
달빛 안고 이슬 먹는 종달새 되리

—그리움에게 안부를 묻지 마라

그 대
영 혼

나와 찻잔을 두고 마주앉은 그대
아름다운 얼굴이 보인다
순결한 콧날과 말을 참는 입술과
연분홍 두 볼이 보인다
다가오는 이마와
이야기하는 두 눈이 보인다
그대는 누구신가
참으로 내 참으로
사랑스런 얼굴 너머 살아계시는
그대 영혼이 보고 싶다

나의 가슴이 이리 저리듯 그대도—

비 오 는   날 의
첼 로

머릿결 같은 마음 어느 가닥에 그리움이 묻었느냐

살랑이는 바람 어느 자락에 그 마음저림이 묻었느냐

산수유꽃 피고 지고 새가 날고

비오는 날은 풍경처럼 너를 기다렸다

속삭임에도 소스라쳐 꽃씨 터뜨리는

봉숭아 곁은 밟지도 않았다

만나도 그리움은 남는다

안아도 안아도 허전함이 남았다

오늘 비가 내린다

—그리움에게 안부를 묻지 마라

나의 가슴이 이리 저리듯 그대도—

—그리움에게 안부를 묻지 마라

고 백

내 그대 번민의 깊이를 알지 못하고
내 그대 보고픔의 깊이를 알지 못한다
내 그대 외로움의 사무침을 모르고
내 그대 불면의 긴 불빛을 모른다
내 삶 속에 방황하는 그대 그림자를 나 모르며
내 몸 속에 살아있는 그대 향기를 난 모른다

… 아무리 고개를 가로저어도 …

그리워라 내 사랑
노을 속에 지는 꽃잎처럼
절절한

나의 가슴이 이리 저리듯 그대도 —

해도
달도
별도
그림자도
없는 시간

—

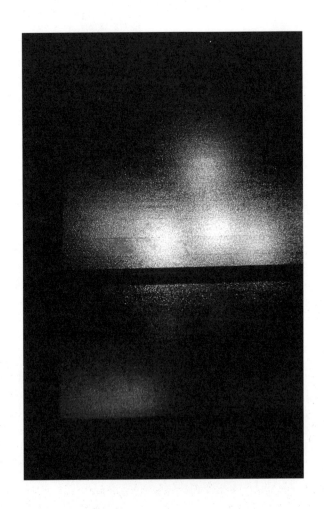

—그리움에게 안부를 묻지 마라

나의 손을 붙잡고 기도를 하면서
투병 중인 공섭이가 찾아와 철철 운다.
인간이란 가슴을 내어준 사람만 가슴을 받는다.

한 장짜리 달력

한 장에 365일이 다 찍힌 달력을 보다가
그중에 붉게 찍힌 일요일이며 국경일 따위를 세다가
한 해가 훌러덩 어깨 너머로 넘어갔다.
울컥! 간추려지는 일생
올해가 내게 숫자뿐이라는 걸 알았다.

—그리움에게 안부를 묻지 마라

해도 달도 별도 그림자도 없는 시간—

—그리움에게 안부를 묻지 마라

돌멩이 하나

바다가 내려다보이는 언덕에 서서

멀리 돌멩이 한 개를 던져봅니다.

파도가 부서져 돌멩이는 보이지도 않습니다.

바다는 하늘과 닿아 거대한 냄비처럼 입을 벌리고

나는 방금 바다 쪽으로 날아간 돌멩이와 같습니다.

어딘가로 가라앉은 돌멩이 같습니다.

경배가 보낸 편지 1

'가혹한 이야기 같지만 이 상황이—지금이 아니면 너무 늦을—기회라는 생각이 든다. 광속으로 달리는 세상 기차에서 잠시 내려 눈을 감고 시선을 너의 안쪽으로 향하게 할 수 있는 기회를 잡았어.

혹시 인생의 방향을 바꿔야 할 이유가 있어서 그렇게 해야 한다면 지금이 바로 그때야.

지금까지 잡고 있던 부질없는 것들과 놓치고 있던 소중한 것들을 구별할 수만 있어도 지금의 고통이 결국엔 감사의 이유가 될 거야.

지금 O자 다리 교정기 stylex 후속제품 개발을 마무리하고 있는데 10월 출시가 목표야.

지금이 사업상 가장 중요하고 오직 이 일에만 집중해야 한다고 생각하고 있는 바로 이 시점에, 교통사고로 의식 없이 중환자실에 계신 어머니를 일 년째 간호하고 있는 것, 게다가 평생 교육자로 살아오신 아버지마저 치매로 인격을 버리신 것, 이런 일들을 당하고도 난 우연이 아니라는 생각을 해. 많은 사람들이 의아해하지만 하나님이 우리에게 보내는 메시지를 조금씩 느껴가면서 우리 부부는 평안 중에 있어. 하나님이 네게 평안 주시기를 기도할게.'

이 편지를 보내온 내 친구이자 재활의학과 의사인 서경배가 신장이식 수

—그리움에게 안부를 묻지 마라

술을 받으러 중국에 갔을 때, 수술실 들어가기 직전 통화가 되었다.

나는 급박하고 간절했다.

"이번에 하나님이 너 살려주시면 내가 평생 교회에 나갈게."

그것이 무슨 신통한 거래라도 된다고….

제 수술 성공 여부보다 "진짜지? 진짜지? 진짜 약속한 거다"를 큰소리로

밝게 외치던 그.

그에게 하나님은 오늘도 시련을 한 바구니 안겨주신다.

하나님은 특별히 사랑하는 사람에게는 견뎌낼 만한 시련을 안겨주신단다.

특별히 사랑하시므로.

요즘 잠이 안 와.

그래?

잠이 오지 않으면 양을 세.

양을?

응. 뭉게구름이 피어오르는 푸른 언덕에 하얀 어린 양이 한 마리 넘어오는 걸 상상해 봐.

보여?

응 보여.

그러면 그 양을 찬찬히 들여다봐.

눈이 이쁘지?

응.

이마를 봐봐.

양의 이마 재미있지?

응.

축 늘어진 두 귀를 봐.

토끼처럼 세우지도 못하는 늘어진 귀.

응.

양은 어디서나 입을 오물오물 되새김질을 하고 있어.

입도 보이지.

응.

이번엔 두 마리야.

두 마리 다 보여?

— 그리움에게 안부를 묻지 마라

응.

그 두 마리의 눈을 들여다봐.

착해 보이지?

응.

이번엔 세 마리야.

이번엔 네 마리야.

이번엔 다섯 마리….

양 100마리가 언덕을 넘어와.

그럼 200개의 눈이 있어.

200개의 축 쳐진 귀를 달고 오물거리는 100개의 주둥아리… 있지?

응.

그것들을 일일이 세면 잠이 와.

그래?

나는 그날 밤 잠을 이룰 수가 없었다.

너무나 많은 양이 한없이 넘어오는 걸

날을 새며 세다보니

새벽이 왔다.

그대가 알려준 잠 잘 드는 법 때문에

나는 잠을 이룰 수가 없었다.

양들의 얼굴이 모두 그대의 얼굴로 바뀌어

밤새도록 미소지었다.

—그리움에게 안부를 묻지 마라

아들이 보낸 편지

옛날에 한 남자가 살았습니다. 그는 어릴 적 축구장만 한 마당에서 공차기를 하며 자랐습니다. 큰형을 따라 서울에서도 살아봤고 프랑스에도 가보았습니다. 스스로 노력하며 자란 그는 영화감독을 꿈꾸었지만 차선책인 PD가 되었습니다. 서른이 넘어 아리따운 운명의 아가씨도 만났습니다.

그는 그 아가씨와 로맨스 영화를 찍으며 첫 번째 사과를 낳았습니다.

사과는 작지만 많은 맛을, 많은 색을 지니고 있는 소중한 아이였습니다.

둘째로는 큰 알을 낳았습니다. 둘째는 속을 알 수는 없지만 그 의지만큼은 분명하며 알을 깨고 나올 줄 아는 당돌한 아이였습니다. 그렇게 그는 원하던 삶들을 노력으로 얻어냈습니다.

그때 그의 삶을 지켜보던 하나님이 생각하셨습니다.

"아무리 그래도 시련을 알아야지…"

하나님은 그렇게 그에게 작은 시련을 내리시고는 힘들어하셨습니다.

그리고 많이 우셨습니다.

그래서 요즘 비가 많이 내립니다.

착한 그에게 시련을 준 게 미안한 하나님의 눈물이 내립니다.

비가 내리는 날 나는 아들의 편지를 읽다가 울었다.

—그리움에게 안부를 묻지 마라

오후에는 장대비 속에 빈 운동장을 한 시간 동안 우산 없이 걸었다.

운동화 속까지 철퍼덕대며 더운 몸을 식혔다.

장대비가 바람에 휘몰려 다니고 건너 숲의 나무들이 머리채가 잡힌 듯

춤을 추는 풍경 속.

나는 황소처럼 빗속에 서 있었다.

조금은 비를 알 것 같았고 조금은 비 맞는 황소의 마음을 알 것도 같았다.

빗물은 어깨에서부터 젖어들어 등을 타고 내려가 종아리에 이르러

사라졌다.

종일 빗물에 식혀도 내 몸이 식지 않았다.

이 공간에는 내가 가진 것이 아무것도 없는데
필요한 것 중 없는 것 또한 한 가지도 없다.
이래도 되는 것인가?
삶이란 결국 아무것도 필요 없는 것.
나 또한 필요 없는 것.

—그리움에게 안부를 묻지 마라

세상일들이란 이렇게 시간의 칼로 정리가 된다.
내가 나서지 않더라도 하나님께서 도마 위에 올려
뼈는 뼈대로 살은 살대로 발라주신다.

단지 찻잔 속 커피 한 모금 흔들렸을 뿐이다.

내 일용할 양식 전도서 3장

18절
내가 내 마음속으로 이르기를
인생들의 일에 대하여 하나님이 그들을 시험하시리니
그들이 자기가 짐승과 다름없는 줄을 깨닫게 하려 하심이라 하였노라.

19절
인생이 당하는 일을 짐승도 당하나니
그들이 당하는 일이 일반이라
다 동일한 호흡이 있어서
짐승이 죽음같이 사람도 죽으니
사람이 짐승보다 뛰어남이 없음은
모든 것이 헛됨이로다.

22절
그러므로 나는 사람이 자기 일에 즐거워하는 것보다
더 나은 것이 없음을 보았나니
이는 그것이 그의 몫이기 때문이라.
아, 그의 뒤에 일어날 일이 무엇인지 보게 하려고
그를 도로 데리고 올 자가 누구이랴.

무슨 말을 더 하고 덜 하고 하겠는가.
100번도 더 반복해서 읽는다. 잠이 데리러 올 때까지.

　　　　　　　　　　　　　—그리움에게 안부를 묻지 마라

해도 달도 별도 그림자도 없는 시간—

—그리움에게 안부를 묻지 마라

억울한 일을 당하거든 밝히려고 하지 마라.

억울함을 밝히면 원망하는 마음을 돕게 되나니.

억울함을 당하는 것으로써 수행의 문을 삼으라.

역경을 이겨내는 불자의 마음가짐을 나타내는

《보왕삼매론》을 읽다가

내 마음의 모든 번민이 어제 오늘의 일이 아니고

수천 년 전, 수만 년 전 인류의 역사와 함께 살아온

장구한 수명을 누리는 생명체라는 생각에 가 닿았다.

그날 편안한 마음거울을 들여다볼 수 있었다.

벽에 달력 붙여놓고 지우는 생활이 아무리 좋은 일이라도

내 삶에 찾아들지 말았으면 좋겠다.

금은보화가 든 금고가 일생에 딱 한 번 나를 위해 열리는 일이 있더라도

다 남의 몫이었으면 좋겠다.

누구의 삶이라도 허접하란 법은 없는 법.

무지개 색깔처럼

서로 다르게들 살다 그냥 가는 것.

얼굴 붉히고 목청을 높이고 은밀히 뒤통수를 갈기는

세상 가득한 위험한 재주들이 다 녹슬었으면 좋겠다.

하루 하루

빙그레 미소 지을 일들만 있었으면 좋겠다.

놀라는 것도

밤새 피어난 꽃봉오리에게나 놀라는

그런 삶이면 좋겠다.

―그리움에게 안부를 묻지 마라

해도 달도 별도 그림자도 없는 시간—

가 을
와 인

모닥불에 장작개비 하나를 더 던져 넣었다
사그라들던 불꽃이 나 여기 있소 타올랐다
등에는 한기가 찾아와 간섭을 해도
얼굴은 스스로 붉어졌다

내 눈에 씌워진 장막이
벌거벗고 어룽거리는 불길 속에 홀로 춤을 췄다
세상 어둠이 불가로 다 모여 수선을 떨어도
이미 오른 취기를 빼앗아가지는 못했다

가을 와인은 가을을 마시고 나를 마셨다
그해 가을은 다시 오지 않았다

나 는
네   마 음 에

바위처럼 단단한 약속이 아니라 해도
구름처럼 흐르는 세월이라 해도
꽃피고 새 절로 울어
가득한 뜰에
나는 모른다
그저
나는 그저
네 마음에 세들어 산다

모 기

점액질인 내 피 한 방울이면
늦가을 모기 네가 한 끼로 먹긴 벅차고
온 가족 다 와서 먹어도 될게다
조용하다 잠자리에만 들면 한 10분 지나
귓가에 앵앵거리는 미물
말로 하면
바늘로 손톱 밑이라도 찔러
한 방울 빼주고 자겠다만
꼭 잠들려면 나타나 내 잠을 빼앗니?
웬만하면 줄게
숨지 말고 나와 말로 하렴
나도 좀 자자
모기향을 피우며 공염불한다

이 밤
누가 나를 두고 사람향을 피우진 않나?

해도 달도 별도 그림자도 없는 시간—

수 배

오래 걸리지 않았다
수천 년 살아온 것 같은 이 세상에서
내가 묻히는 것은
잊혀지는 것은
정확한 셈이 지배하는 세상 속에서
나는 어느 계산에서도 남는
잉여치였다

나의 사랑을 수배하고
나는 내 사랑 속으로 잠적했다

—그리움에게 안부를 묻지 마라

안 부

돌아보지 마라
눈물 난다
세상 그리움에게 더 이상 안부를 묻지 마라
네 뒷모습 보고 있을 그대에게
네 눈빛 다시 보이지 마라
이제 그리움들은 다 잘 있다
너 없이 잘 있다

해도 달도 별도 그림자도 없는 시간—

우 리
사 랑

세상의 사랑이 더 이상
사랑이 아닌 것은
사랑하다 그만 두기 때문이다
세상의 그리움이 더 이상
그리움이 아닌 것은
그리워하다 그만 두기 때문이다
사랑아 어쩔 것이냐
그리움아 어쩔 것이냐
안개 속에 끈을 놓고 주저앉아
목 놓아 우는 나의 님아
어쩔 것이냐
안개 걷히면 그대 옆에
눈물 자욱 가득한 얼굴로
주저앉아 있는 나를 보리라

—그리움에게 안부를 묻지 마라

시 간

시간을 벌자고 한다

그러자

얼마나 사무치게 고마운 말이냐

항상 모자라 안타깝던 시간

나를 보며 번민하던 그의 입이

참던 말을 건넨다

시간을 벌자고

그래 시간을 벌기로 하자

나에게서 네가

너에게서 내가

희미해질 때까지

아니 다 잊혀질 때까지

해도 달도 별도 그림자도 없는 시간—

—그리움에게 안부를 묻지 마라

악 몽

후우! 하고 불면 밀가루처럼

뿌옇게 날아올라

내 눈가며 콧잔등에 묻어날 것만 같은

부끄러움들

잠 못 드는 깊은 밤에 다리가 저려

앉아 울었다

잘못 디딘 발자국마다 쌓인 회한에게

"나 너 모른다, 나 너 모른다"

도리질하다 붙잡혀

악몽에 던져졌다

몽롱한 기억은 기억대로

식은땀은 땀대로

"나 너 모른다, 나 너 모른다"

새벽이 날 짓눌러

한판승을 거두고 간다

해도 달도 별도 그림자도 없는 시간—

한 때 는
서 러 움 이

서산 너머 붉은 해 지는 것
지켜보다가
울컥 눈물이 솟네
왜 그러느냐고
무슨 일이냐고
묻는 그대
다시는 함께
술잔을 부딪지 않으리
붉은 노을 같은 내 가슴
열어 보이지 않으리

아! 손등으로 눈물을
닦아본 사람만 알리

—그리움에게 안부를 묻지 마라

때

때가 늦었단다
철로를 팔딱이게 하던
기차의 호흡도 잠깐
때가 늦었단다
세상은 늘 때맞춰
내게 무언가를 쥐어줘보지만
그때마다 나는
한눈을 팔다
기적 소리를 들었다
아! 기차가 가는구나…
하고 늘 고개를 돌렸다
기차가 떠나면
풍경이 남고 시간이 남고
내가 남는다

달 빛
아 래

부질없는 것이 어디 청춘뿐인가요

내디딘 발걸음마다 무릎 시려

깊은 밤 꿇어앉아 몸부림쳐봤나요

"이젠 가도 좋다"

놓아주지 않는

푸른 달빛의 서늘한 얼굴을 봤나요

풀벌레 제까짓 게 뭘 안다고

한데 모여 목쉬도록 울었을까요

철없는 것이 부질없다 울었을까요

―그리움에게 안부를 묻지 마라

길 위의 사람

저무는 숲 속으로 새들이
깃드는 것을 보면서
내 마음 따라 깃드네
나는 길 위의 사람
늘 소식이 그리워라
사람보다 소식이 그리워라
떠올라 사무치지 않는
순간들 어디 있으며
멱살 잡아 흔들지 않는
추억 또한 어디 있으랴
나는 과거의 추궁에 힘없이
고개를 끄덕이며
그랬다고 그렇다고
모든 것을 시인한다

간 이 역

특급은 서지 않는 간이역
한껏 자란 코스모스 붉은 빛이 곱다
지나치는 기차를 바라보다 놓아버린 하루
풀벌레 소리 함께 날이 저문다
나는 기차가 서도 타지 않을 나그네
해도 달도 별도 그림자도 없는 시간
역사의 긴 창문 틈으로

개미들도 다 집에 가는구나
개미들도

　　　　　　　　　　　　　　—그리움에게 안부를 묻지 마라

해도 달도 별도 그림자도 없는 시간—

어 느 날 의
일 기

내 가슴에 줄줄 칼집을 내고 벌어진 상처마다
후춧가루 고춧가루 소금을 뿌리네
그 가슴을 때론 철판에 굽고
때론 숯불에도 굽네

뚝뚝뚝 듣다 지지직 사라지는 핏빛
차마 내가 바로 보지 못하네

—그리움에게 안부를 묻지 마라

섬 진 강

3월 깊으면

섬진강 보러 하동 갈란다

와락 꽃피면 어쩌나

찬바람 펄럭일 때

하동 갈란다

손 내밀어 강물 만지기 차가울 즈음

강바람 맞으러 하동 갈란다

재첩국 같은 날들을 살아

국물 말갛게 간추려지면

눈물 나더라

그대 그곳에 다다르면

내 맘 안다

묻지 마라

—그리움에게 안부를 묻지 마라

아 침

이 중생이

삶의 어느 골짜기에

설움 속에 스러져도

대지의 어느 옆구리

순간 가려움이라도 되겠습니까

골바람이 산등을 넘다 잠깐 쉴 때

돌아보는 어느 눈흘김 하나라도 되겠습니까

정해진 길

다만 모를 뿐

아침 햇살이 길게 치마폭을 펼칩니다

나는 그 치마폭에 싸여 숨이 막혀도 좋겠습니다

갈
수
없는
날들
—

—그리움에게 안부를 묻지 마라

나뭇잎이 푸르던 날에
뭉게구름 피어나듯 사랑이 일고
끝없이 퍼져나간 젊은 꿈이 아름다워

귀뚜라미 지새 울고
낙엽 흩어지는 가을에

아아 꿈은 사라지고, 꿈은 사라지고
그 옛날 아쉬움에 한없이 웁니다.

_최무룡의 〈꿈은 사라지고〉

그 어떤 배우보다 당대에 인기를 누렸던 배우 겸 가수
왕년의 최무룡이 가요무대의 흑백 회고화면 속에서
〈꿈은 사라지고〉를 부르는 장면을 봤다.
저 표정 저 음색 저런 날들은 다 어디로 가서 쉬나.

다섯 친구

학교에서 일찍 끝나는 날은 곧잘 해칠이 해문이 창주 석봉이랑 보싸움을 했다.

짤짤 흐르는 도랑의 물을 여러 단계로 막아 물이 고이면 위 보를 터뜨려 아래 보가 견뎌내는지 겨루는 게임. 아래쪽일수록 보가 튼튼해야 흘러온 물을 막을 수 있다.

헌데 보가 일정 시간을 견뎌도 결국 시간이 지나면서 흘러오는 물의 양이 많아져 터지게 되어 있다. 그러면 또 아래 보가, 그 다음 보가 받아내고 받아내고 그러는 게임이다.

누가 이기고 지고가 없는 그 보싸움을 물 텀벙거리며 놀던 옛날.

고마니똥풀이 소복이 자란 도랑에서 놀던 시절.

그러다 나오는 붕어나 미꾸라지나 기름쟁이하고 놀던 추억.

그런 황홀한 날들이 있었다.

그러던 친구 해칠이와 해문이는 시골 살면서 외국 여자와 결혼했다가
여자가 도망가는 바람에 술을 더 마시고 창주는 수원에서 택시 기사를
한다고 한다.

석봉이는 춤 잘 추고 노래도 잘해 인기가 높았는데 오토바이를 타고 가다
트럭 밑에 들어가는 사고로 장가도 못 가고 세상을 떴고 나는 월급쟁이로
세월을 죽였다.

친구들은 알고 있었을까.

그냥 한나절 물 텀벙거리며 보싸움하듯 우리 삶이 지나가고 있다는 걸.

지고 이기고가 없는 게임을 옷 젖는 줄 모르고 하고 있다는 걸.

그런 고향에 아내와 함께 꼭 다녀와야겠다.

할아버지 할머니 무덤 이장할 10월께가 제격이겠다.

청동오리와 풀빵

—

보리를 갈아놓은 논에 잔설이 덮여 있었으니 봄방학 무렵이었지 싶다.

같은 마을 친구들과 학교 가는 길에 강 건너 마을 앞을 지나가다 누가

먼저랄 것 없이 동시에 신기한 광경을 보았다.

어디서 나타났는지 매란 놈이 보리밭에 앉아 먹이를 찾고 있는 한 무리의

청동오리들 속으로 쏜살같이 내리 꽂히는 것이었다.

푸두두둑!

청동오리들이 놀라 흩어지고 그중 한 마리가 공중제비를 돌며 날아오르

려다 다시 매에게 잡혀 바닥으로 나동그라지는 것이 보였다.

순간 우리는 약속이나 한 것처럼 보리밭으로 뛰어 들어갔다. 달리기 시합

때보다 더 빨리. 우리가 달려가자 긴 날개를 폈다 오므렸다 하며 오리를

쪼던 매가 달아났다. 매가 정확하게 목만 쪼았는지 고개를 땅에 처박고

안간힘을 쓰며 퍼덕이는 청동오리 한 마리만 남아 있었다.

아직 우리 머리 위를 선회하고 있던 매가 우리를 공격하면 어쩌나 약간

무서웠지만 쳐다보며 함께 마구 소리를 질렀다.

내가 양 날개를 잡아 들어올렸을 때 청동오리는 숨이 넘어갔는지 퍼덕임

이 멎어 있지만 날개 밑으로는 따뜻한 기운이 느껴졌다.

매는 다 잡았다가 놓쳐버린 먹이가 아까웠는지 우리 머리 위를 몇 바퀴

더 돌다 날아가고 우리는 학교가 있는 면 소재지로 죽은 청동오리를

—그리움에게 안부를 묻지 마라

들고 갔다.

점방 앞을 막 지날 때는 점방 툇마루에서 놀고 있던 6학년 형과 마주쳤다.
그 형은 학교를 한두 해 늦게 다닌 터라 4학년인 우리 눈에는 이미 중학생
티가 났다.

"그 청둥오리 5원 줄게 나한테 팔아라."

"싫어."

"7원 줄게."

"싫다니까."

"그럼 10원 줄게."

악수하는 두 개의 손이 그려진 구호물자 천 조각들을 이어 만든 풀빵집.
그 집 풀빵은 달착지근한 냄새를 동네 가득 풍기고 있었다.

10원이면 풀빵이 열 개. 형한테 청둥오리를 넘겼다.

우리 다섯 친구는 풀빵 열 개를 사서 양손에 하나씩 들고 낄낄거리면서
먹었다.

날개 밑으로 전해져 오던 청둥오리의 따뜻한 기운 때문이었을까. 나는
풀빵 두 개를 다 먹도록 10원이면 너무 싸게 팔았다는 생각이 들었다.

기억이 하는 거짓말

갑례 누나는 그날도 엿장수에게 보리쌀을 몇 되나 팔았던가보다.

"저녁에 너 나랑 읍내 가자."

누나는 일찍 저녁을 먹고 나를 데리고 다른 누나 둘이랑 읍내로 향했다.

내 손이 아프도록 꽉 잡고서.

어두운 밤길이어서 서로의 얼굴들은 안 보였지만 바람결에 슬금슬금

넘어오는 누나들의 분냄새는 라일락보다 달았다.

누나는 그날만이 아니라 벌써 몇 번째 읍내에 가려면 꼭 나를 데리고

나갔다. 갈 때마다 보성극장 입구에서 표를 받는 남자가 뭐라고 몇 마디

를 건네고 알은체를 했다.

그날의 영화 제목은 〈쌀〉이었다.

제목이 참 좋았다.

논바닥이 거북등처럼 갈라진 가뭄에 대한 영화로 당시의 우리네 이야기

였다. 가뭄이 들어 걱정하는 농촌마을 사람들. 자기 논에 물을 대려고

여기저기서 벌어지는 물싸움. 귀한 쌀밥을 셰퍼드에게 먹으라고 주는

야속한 기와집 영감님. 그리고 청춘 남녀의 사랑. 고생 끝에 마침내

내리는 단비.

기억을 더듬어보면 그런 내용이었다.

그때 나는 우리 동네에서도 읍내에서도 본 적이 없는 눈부신 흑백 미녀를

화면에서 만났는데 그 처녀가 영화배우 문희였다. 그녀는 내 손을 잡고
극장에 간 갑례 누나나 그 친구들이랑은 달라서 마치 다른 행성에서 온
사람 같았다. 초등학교에 갓 들어간 나의 눈에도 왠지 설레게 하는 신비
로움이 있었다.

그 후 문희는 어느 신문사주의 아들과 결혼해 은퇴를 하고 영원히 은막을
떠났는데 나는 어른이 된 후 정말 우연히도 내 눈 앞에 나타난 그녀와
마주쳤다. 어찌어찌 한 자리 끼게 된 백상예술상 시상식장.

그곳에 그 옛날의 문희가 고운 한복에 주황색 숄을 두르고 사람들로
붐비는 회랑에 화사한 미소를 지으며 서 있었다.

그녀는 영화 〈쌀〉 속에 나오던 그 모습 그대로였다. 어린 나에게 신비로
운 아름다움을 느끼게 한 30년 전의 은막 스타.

조금도 늙지 않았고 여전히 빛이 났다.

30년 전 그녀를 온전히 다시 느끼고 싶어 사무실로 돌아오자마자 인터넷
에 접속했다.

당시의 포스티리도 다시 한 번 보려고 자료를 검색했다. 인터넷은
참 좋은 도구다. 영화 〈쌀〉의 포스터가 거기 있었다.

순간 나는 내 눈을 의심하지 않을 수 없었다.

그 영화의 여자 주인공은 문희가 아니고 문희와 동시대를 풍미했던
남정임이라는 여배우였다.

못 만나고 지냈지만 서울로 이사왔다는 갑례 누나를 언제 만나면 꼭
이 이야기를 해주려 한다.

—그리움에게 안부를 묻지 마라

누렁이 이야기

누렁이가 새끼를 낳다가 지쳐 헐떡이는 것을 보다 못해 엄니는 내게 심부름을 시키셨다. 읍내 약국에 가서 증세를 이야기하고 누렁이 약을 지어오라는 것이다. 새끼 낳다가 죽을 것 같다고 하면 알아서 약을 지어줄 것이란다.

그날따라 형들은 다 어디 가서 없고, 나는 키가 작아 아직 자전거 안장에 앉지도 못하는데…. 자전거를 기울여 안장 아래 삼각 프레임 속으로 오른발을 넣어 엉거주춤한 자세로 패달을 밟아 읍내로 냅다 달렸다.

누렁이는 제게 주어진 개밥 외에 우리가 밥상에서 먹다 던져준 음식 부스러기며 이집 저집 측간 바닥에 누어놓은 애기 똥들을 주워 먹는 놈이었다. 모르는 사람이 오면 먼 산 보고 한두 번 짖는 척하거나 아예 꼬리를 쳐버리는 순한 놈인데 몸이 실해진 뒤에 이리저리 마실 다니다 서방 되는 똥개를 만나 사랑을 나눈 모양이었다. 그러던 놈이 새끼 두 마리를 낳고 세 마리째에 기진해 입에 거품을 물고 힘들어하는 거였다.

약국에서 무슨 약인지를 주어 10리 길을 부리나케 오는데 연꽃 가득 핀 저수지 부근에서 연꽃에 한눈팔다 발이 미끄러져 여지없이 자전거랑 도랑에 처박혔다. 그런 중에도 약봉지 든 손이 물에 빠지지 않게 쳐든 것을 잘했다고 스스로 칭찬하며 자전거를 끌어냈다. 넘어지면서 자전거 손잡이에 광대뼈 근처가 찍혀 부어오르고 무릎이 까져 피가 났는데도 아프다는 생각을 못했다. 신작로 한켠의 곱게 마른 흙가루 한 줌을 무릎 까진 데 뿌리자 상처에서 나던 피가 금방 멎어 딱지처럼 변했다.

자전거 사고가 난 것이 처음은 아니었지만 약봉지를 들고 넘어진 것이라 왠지 불길한 생각이 들었다.

자전거에 묻은 흙덩이를 털고 나니 꽃 피어 있는 클로버가 문득 눈에 들어왔다. 여동생 생각이 나 꽃시계 만들어줄 요량으로 꽃 두 송이를 따 호주머니에 넣었다.

서둘러 자전거를 몰고 집에 도착해 대문간에서 소리를 질렀다.

"엄니 여기 약!"

그 다음 순간, 내 눈에 모든 사태가 들어왔다.

토방 위에는 세 마리의 갓난 강아지가 낑낑거리고 있는데 우리집 일꾼이 사지가 축 늘어진 누렁이를 들고 감나무 아래로 가고 있었다.

대학 병원 간 어머니

그날은 사실 아무 생각도 없었다. 단지 엄니를 보고 싶다는 생각만이 내 머릿속에는 가득했다. 갑자기 배가 아프다고 힘들어하시던 엄니가 대학 병원으로 수술을 받으러 가시다니. 수술을.

집안일이 바쁠 때마다 와서 일을 돕는 갑례 누나가 "광주로 가부렀어야 느그 엄니. 전남대 병원에" 할 때 나는 내가 이대로 있어서는 안 된다, 가서 엄니 얼굴을 꼭 봐야 한다 싶었다.

점심 먹고 십리 길을 달려 기차역에 갔다. 처음 와본 기차역, 운행 시간표를 보는데 가슴이 콩닥콩닥했다. 차비도 없고 물어볼 데도 없었으나 풍운아처럼 전국을 무전여행으로 떠돌아 다닌 당숙이 들려주었던 무용담이 생각나 역사에서 멀리 떨어진 철길가로 돌아서 플랫폼으로 들어가 광주 가는 기차를 탔다.

가을걷이가 한창인 들판. 한 무리의 참새 떼가 허수아비 주위에 앉았다가 후두두둑 악보처럼 날아오르곤 하는 들판이 이어졌다.

광주역은 커서 도둑 기차 타기가 힘들고 남광주역에 내려야 잡히지 않고 역사 밖으로 나갈 수 있다던 당숙의 이야기가 생각나 남광주역에서 내려 기차가 진행하는 반대 방향으로 들입다 뛰었다. 얼마나 뛰었을까. 숨을 고르며 쥐똥나무 울타리 옆에 숨었다. 사람들이 다 나가고 역무원도 들어가기를 기다렸다가 두근거리는 마음으로 역사 울타리를 빠져나왔다.

그리고 큰길가로 나왔다. 이제부터 전남대학병원을 찾아가면 될 일이었다. 길거리에서 어른들에게 물었다. 더러는 무시하고 그냥 지나치기도 하고 물끄러미 바라보기도 하고 턱짓으로 가르쳐주는 사람도 있었다. 한 시간 여나 걸었을까. 유난히 따가운 가을 햇살이 걱정과 흥분과 기대에 찬 얼굴에 땀방울이 솟게 만들었다.

'우리 엄니, 수술하러 간 우리 엄니.'

내가 애를 써 수술 전에 엄니를 꼭 만나야 한다는 의무감 같은 것이 느껴졌다. 막연한 두려움이 꼭 엄니를 봐야 할 것 같은 강박감으로 변해 있었다. 하지만 아무리 걸어도 전남대학병원은 나오지 않고 마지막 열차 시간은 다가오고, 큰일이었다.

시계포에 걸려 있는 괘종시계가 공포스럽게 나를 쳐다보고 있었다.

시계는 때앵때앵 다섯 시를 치고 있었다. 여섯 시 반 막차를 타지 못하면 어디 잘 데도 없는데 배는 고파오고 대학병원은 쉬 나오지를 않고.

처음 와본 광주는 너무나 크고 현기증이 났다. 걸을수록 거기가 거기 같았다. 전당포가 있다가 또 나오고 양복점이 있었는데 또 나오고 약국을 지나 또 약국이 나오는 광주는 복잡한 도시였다.

시간은 자꾸 가고 역에서는 멀어지고 병원은 가까이 나타나지 않고 나는 더럭 겁이 났다. 이러다 깡패들이나 구두닦이, 껌팔이에게 걸리면….

도시에서는 팔아넘긴다는데….

모든 사람이 이상한 사람들 같았다. 갑자기 내게 다가와 손을 덥석 잡으며 "일루 와! 같이 가자" 하고 나를 끌고 갈지도 모른다는 생각이 들었다. 그래서 학생들에게만 길을 묻기로 작정하고 이번에는 오던 길을 돌아서 남광주역으로 가는 길을 묻기 시작했다.

한 시간 남짓 뛰었을까. 기차 시간을 놓치면 안 된다는 생각에 이마며 얼굴은 물론이고 온 등짝에 러닝셔츠가 달라붙도록 뛰어서 남광주역에 도착했다.

쥐똥나무 숲에 붙어 있다가 막차가 움직이기 시작할 때 올라탔다.

달리는 기차 난간 쪽으로 들어오는 가을바람이 등줄기의 땀을 식혀주었다. 광주로 가던 기차 속에서의 풍경이 반대로 복기되었다.

가을 햇볕의 긴 그림자가 온 들을 휘감고 지나가는 중이었다.

필름을 거꾸로 돌리듯, 보성역에 내려 읍내에 들어섰다. 극장을 지나치는데 나팔 대신 깔때기를 든 샌드위치맨이 새로 들어온 영화 광고를 하고 있었다. 지나가는 아가씨 아짐씨 운운하며 길거리를 향해 호객을 하는 중이었다. 그 모습이 우스워 조금 구경하고 있자니 그가 내게 한마디했다.

"아그들은 가부러라. 집에 가서 누나 오라고 해. 엄니도 좋고 내가 기다린다고 그래라."

읍내를 빠져나오자 길이 단번에 어두워졌다. 낮에 보았던 신작로 길이 가물가물해지기 시작했다. 높이 자란 포플러가 양쪽으로 도열해 있는 길을 따라 한 시간여를 걸어 집에 들어갔다.

배는 고플 대로 고프고 지쳤지만 일단 집에 왔다는 것 때문에 얼마나 기뻤는지 "할무니이!" 하고 뛰어 들어가는데 다섯째 형에게 딱 걸렸다.

"너 어디 갔다 와? 광주?"

형은 다짜고짜 뺨부터 때렸다. 나는 엄살까지 섞어 앙앙대고 울며 대들었다.

"왜 때려! 왜 때려, 시꺄!"

할머니가 툇마루를 맨발로 달려나오며 부지깽이를 들고 형을 쫓았다.

"저놈이 우리 육째 죽이네, 육째."

나는 여섯 째 아들이라 이름보다는 육째로 온 동네에 통했다. 형은 할머니한테 쫓겨가며 소리를 질렀다.

"바보 같은 새끼, 거렁뱅이들한테 잡혀간 줄 알았잖아!"

나는 샘터에서 얻어맞고 운 얼굴에 더께가 진 먼지를 씻으며 생각했다.

'형이 내 걱정 많이 했구나.'

나중에는 때린 형이 은근히 고마웠다.

―그리움에게 안부를 묻지 마라

—그리움에게 안부를 묻지 마라

김동산 선생님

지금 같으면 상상도 못할 가정방문이라는 것이 있었다.

선생님이 학생의 생활환경을 더 잘 알아야 교육적으로 보탬이 된다고

생각해 공식적으로 가정을 방문하던 제도.

그날 담임선생님을 모시고 연신내 버스 정거장에서 내려 강변을 따라

걸었다.

아무 말 않고 걷는 것이 좀 심심하셨던지 선생님께서 물으셨다.

너는 계절 중에 어느 계절이 제일 좋아?

미팅이나 소개팅에서 나올 법한 질문이었지만

어린 내게는 선생님께 듣는 질문치고는 퍽 생경한 것이었다.

마침 그때가 가을이라서

가을이오 했다.

가을?

네.

사내자식이 무슨 계집애같이 가을이야?

남자는 여름이나 겨울을 좋아해야지.

선생님 말씀이 그럴싸 했다.

나는 그날 이후로 어디서건 계절 이야기가 나오면 으레 여름이나 겨울을

좋아한다고 했다.

여름보다도 겨울이 더 혹독하다 싶어 나중에는 겨울을 제일 좋아한다고
했다.

그러면 계절 이야기 속에서는 늘 안심이었다.

최소한 사내다웠다.

그렇지만 살아보니 사계절이 다 나름으로 좋아서

살고 있는 그 시절을 제일 좋아하게 되었다.

봄에는 봄이 좋고 여름에는 여름이 좋고 가을에는 가을이 좋고 겨울에는
겨울이 좋다.

선생님은 이제 연로하셔서 나를 다시 만나도 좋아하는 계절을 묻지
않으신다.

아니 그 기억조차도 없다고 하셨다.

오늘처럼 아침에 흐리고 빗발이 보이는 날은 흐리고 빗발이 보여서 좋다.

눈도 덜 부시고

이런 아침의 커피 향은 아래로 깔리며 오랜 친구처럼 군다.

나는 천성적으로 모든 날들을

무슨 이유든 갖다 대서

늘 좋은 날이라고 여기며 살아온 것 같다.

박경리 선생의 유고시집을 보면 신이 인간을 한없이 보잘것없는 존재로 만든다는 대목이 나와.

주눅 들게 하고, 용서한다고 하구선 윽박지르시고.

징벌하고 노하기를 더디하는 것이 아니라 즐거하시고.

보잘것없는 내 처소를 방문하신 목사님께 구약 타령을 해댔더니 아예 구약을 읽지 말라셔.

안 되겠다 싶으셨나봐.

수많은 설교에 창세기와 출애굽기를 인용하고 날마다 노아의 방주를 이야기하면서 구약을 읽지 말라니.

구약을 유대교의 경전이라고 하며….

성경을 완성된 책자의 형태로 하나님이 사람들 손에 들려주신 걸로 파악하고 있던 나의 어린 마음이 안타까우셨겠지.

도올 선생님께서 보내주신 《도올의 도마복음 이야기》《요한복음 강해》 등과 여타 종교학자들의 책을 읽고 나니 이런 생각이 들어. 목회자나 신앙인이나 종교학자나 모두 神과 등거리 짝사랑하는 존재구나….

그래도 말이오. 유마 김일수 선생의 말을 꼭 빌리지 않더라도 구약에 있는 하나님의 성정은 정말 맘씨 고약한 인간과 꼭 같아.

시기하고 질투하고 보복하고 모시기만 바라고. 양 잡아 제사 지내라시고.

신앙 좋은 사람들이 부러우면서도 성경을 읽다보면 때로 나도 심술이 나.

구원을 위한 연단이라… 그 연단 없이 구원을 주시는 푸근한 분이면 안 되시겠나?

기껏 (벌 받을라 불경스러운 표현! 하지만 이런다고 벌을 내리면 하나님도 아니시지) 천당에
가봐야 찬양과 영광과 복이 넘친다지만 적당한 어려움과 짧은 행복이 반
복되는 이승이 천당 아닌가? 기쁜 일만 있고 고통이 없다면 얼마나 지루
하고 심심할까?

특히 게임을 좋아하는 요즘 세대들에겐 정말 지옥처럼 여겨질지도 모르지.

게다가 장가도 아니 가고 시집도 아니 가고 천사처럼 산다면 그게 뭐람.

죽어서까지도 하나님의 영광을 위해 지내는 영원한 개미인가?

나한테 그냥 믿음을 주시면 안 되시겠나?

천당에 가서 무슨 전쟁을 치를 것도 아니고 대학에 갈 것도 아니고 결혼
을 할 것도 아니고 천사처럼 산다는데, 그리고 그 다음의 환생이나 뭐 그
런 장치 없이 그곳이 끝 같은데(영생이라시니까), 천당 다음에 또 심판을 해
어디로 발령 내시는 것도 아닌데, 신앙 골고루 나눠주셔서 이승에서 잘
지내다 오너라 하시면 될 일을….

손바닥에 개미 올려놓고 이게 어디로 가나 보자 하시는 거 말고 말야.

예수 오신 이천 년 동안 세상이 어찌 좋아졌는지 문득 궁금해졌다오.

잘 자.

이렇게 심사가 뒤틀리는 날이 내게 있어줘서 고맙지.

나는 이 밤도 전도서 광팬이다.

　　　　　　　　　　　　　　　　　　　　—그리움에게 안부를 묻지 마라

—그리움에게 안부를 묻지 마라

시간은 기억나는 것들과의 간극을

야금야금 벌려 결국은

그게 뭐였더라? 하는 상태 혹은

그 다음까지 끌고 가겠지.

그래야 세상은 아무 일도 겪지 않은

공간처럼 시치미를 떼게 될 테니까.

우리 마음에 있는 이 갈등이

세상과 무슨 상관이 있겠소.

10년 후, 100년 후, 200년 후엔.

갈 수 없는 날들—

남의 불행이 자기 삶에 무한히 위안을 준다는 말.

인정하자니 나쁜 사람이 되는 것 같고 곰곰이 생각해 보면 또 그 말이 맞고.

정말 불행을 당한 사람들을 돌아보고 살아야 해.

감사할 줄 알아야 해.

지금의 우리도 누군가 돌아보고 있겠지?

하루하루를 더 소중히 사는 수밖에 다른 보상이란 게 원래 없는 것인 게야.

정말 작은 것에 눈을 주고 작은 것에서 기쁨을 얻을 줄 알아야만 지치지

않는 기쁨을 누릴 수 있다 싶어.

작은 기쁨, 있는 그대로의 아름다움은 번거로운 생각과 바쁜 눈 때문에

보이지 않고 가치를 잃는 것이겠지.

담장 아래 핀 작은 꽃들을 보며 붉은 장미나 튤립이나 글라디올러스나

칸나 같은 꽃들이 아니면 꽃으로 보지 않았던 과거의 나를 가끔씩 밀쳐봐.

얼마나 눈부시게 아름답게 피는지.

누가 심지 않은 들꽃이라 그 덕에 아무도 꺾어가지 않아서 얼굴을 들이

밀고도 안전하게 살아. 제멋대로 홀씨 날리며 장미꽃 국화꽃 부럽지

않게 살아.

꺾일 걱정 없이 유유히.

평화 속에.

―그리움에게 안부를 묻지 마라

우리네 삶 또한 뭐 다르겠어.

같은 우주의 섭리 속에 있는 거지.

무식한 인간이 진화론과 창조론의 논박에나 빠져 있지.

묻지 마라! 하고 살면 그만일 것을.

—그리움에게 안부를 묻지 마라

어린 시절
대룡산 꼭대기에
소를 몰고 올라가
소꼴을 먹이면서 보면
벌판 멀리 소나기 줄기가
주렴처럼 다가오던 풍경이
떠오른다.
기억 속의 옛날은
살아있는 걸까?
죽어 있는 걸까?

《연금술사》를 읽고 나서 어느 날 아침 갑자기 그림 공부를 하겠다는 딸에게 아내는 두말 않고 그래라! 했다고 한다. 세상 모든 것은 이미 다 정해져 있다는 이슬람 현자의 말. 마크툽!

神이 그러시는 이유가 있겠지요.
사막을 건너는 낙타들의 마음을 알아야 사막을 용케 건널 수 있다는 사실을 잠깐 잊었나봅니다.
이 세상은 개개인의 희로애락 애오욕을 돌볼 가슴을 갖지 않았다는 것을 다시 확인한 셈이지요.
모든 것은 이미 神이 결정해 놓으신 일이고 인간은 그 길을 따라야 하는 것일 뿐이지요.
지나오니까 알겠네요.
인간의 어려움을 헤아려주시기에는 神이 너무 서투시다는 것.
바쁘시다는 것.
누구나 자기의 운명을 살아내는 것이겠지요.
누구의 짐도 대신 져줄 수 없는 자신들만의 운명.
자기만의 사막이 다 있는 것이겠지요.
이제 사막을 사랑하게 되었습니다.
사랑하게 되었다는 것은 나를 위한 축복이니까요.
결국 神이 내게 사막을 사랑하게 해주신 셈이네요.

—그리움에게 안부를 묻지 마라

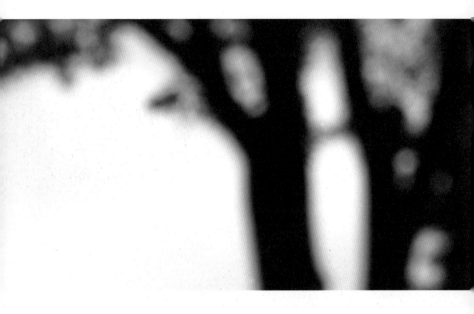

갈 수 없는 날들—

—그리움에게 안부를 묻지 마라

아무도 예측을 못하고 아무런 법칙도 없으며 아무런 힌트도 없이

언덕 너머에 있는 또 다른 언덕일 뿐이더라고. 살아보니 인생이.

기도에 일일이 응답하시는 하나님은 어디 가셔서

구약 이후에는 돌아오지 않으셔.

그러니 당신도 편히 생각해.

하나님도 당신이 그러기를 바라셔.

공 중
전 화

그해 가을이 다 기울도록

없는 기별이 애달팠다

아무리 그대가 날 기다려도

갈 수 없는 날들로 가득했다

부발*에 부는 바람에 아직 온기가 남아 있어도

나는 한겨울보다 더 추웠다

젖은 빨래처럼 펄럭이지 못하고

근남수퍼에서 공중전화를 한다

사랑한다고

쉽지 않다고

희망은 있다고

*여주와 이천 사이에 있는 읍

　　　　　　　　　　　　　　　—그리움에게 안부를 묻지 마라

내
그 리 움 이 다

이것은 내 그리움이다
맘 편히 해라
달무리져 내 가슴에 스미는 얼굴
사랑이 외롭고 그러다 괴로울 줄
몰랐겠느냐
넌들 몰랐겠느냐
만날 수 없다 해도 슬프지 않고
모른다 돌아서도 서럽지 않다
다만… 다만
널 두고 내가 아이 되는 것이다
달래고 싶지 않은 아이 되는 것이다

한사코 무릎 꿇는 내 그리움이다

말 이
되 지   못 하 는

그립다는 말로 당신을 떠올리기엔
송구합니다
보고 싶다는 말로 당신을 부르기엔
부끄럽습니다
비범한 검객의 날선 검이
소리보다 빠르게 스쳐간 상처
정지된 순간…
그러다 뚜욱 뚝 배어나오는 선혈처럼
당신은 내 가슴에 저미어옵니다
기쁨이나 슬픔이나 행복 같은 것이
범접 못하는
저편의 진공 속으로
당신이 오십니다

—그리움에게 안부를 묻지 마라

낮 잠

시간을 한 사발 국자로 떠서
찬밥 말아 먹었다
입맛 없던 차에 묵은지와 잘 어울렸다
시간 속에 녹아 있던 사람들이
두서없이 말을 걸어왔다
추억이 흥건히 낮잠을 적셨다

그 리 움

내가 가진 것이 시간뿐

홀연 붉어지는 눈자위는 사치스러운 것

평생을 시간에 허덕였는데

지천인 시간에 눌려 버둥대네

그대에 대한 나의 사랑도 시간뿐

울컥 솟는 보고픔은 홀로 황홀한 것

함께하고픈 시간들이 널려 있어도

다가갈 수 없는 시간에 눌려 버둥대네

—그리움에게 안부를 묻지 마라

갈 수 없는 날들—

광 주

경기도 광주에는
맘씨 좋은 광진형님 내외가 살고
철없이 흐르는 시내와
길마다 늘어선 참외가게 따라
덜 다독여져 쿵쾅대는
내 마음의 번민이 있고
소금 절인 배추처럼 후줄근한
내 어제가 있다
잘이든 못이든
제 모습대로 절여진 과거
나는 과거에게 우표를 붙인다
잘 가거라

이 장

살 발라낸 유골
묻힌지 85년
오늘 햇빛 받으신다
흙 속의 가쁜 숨
훅
토해내고
뼈마디 산들 바람에 목욕하신다

처음 묻힐 때 들었던 곡소리 그 마음도
이젠 없다

팔을 내려놓은 포크레인
마르는 잔디뿌리

자손들 인부들 새참 드신다

천천히 먹어라
많이들 먹어라

내 언제 다시 나오겠느냐
정말 마지막 아니겠느냐

가 을
단 상

어여쁜 것들은 멀리 있다

낙엽 지는 부발의 뜨락

새소리가 적막을 가둔다

어여쁜 것들은 다 가을에 있다

약속도 낙엽도 한나절의 햇볕도

목구멍 깊숙이 차오르는 번민

단풍 드는 마음이 있다

열리는 듯 닫히는 회전문 세상에

문고리를 잡고 서 있는 내 모습이 서러웠다

도둑고양이 하품하고 지난 자리

나는 과거 속의 어떤 사랑도 훔치고 싶었다

—그리움에게 안부를 묻지 마라

가 을
단 풍

단풍나무 숲의 얼굴이 창문으로 들어오는
아침나절
가만있는 것 같던 나뭇가지가 흔들리는 것이 보였다
숲을 볼 때는 가만있더니
나무를 볼 때도 가만있더니
단풍잎을 보다가 가지가 흔들리는 것을 보았다
몇 달을 참던 내 마음의 그리움이
가지 따라 흔들리다가
붉게 물들어
내 속에 울컥 넘치는 것을 알았다

갈 수 없는 날들―

사 진 첩 을
보 니

사진첩을 보니 어느 날

그런 날이 있었더라

내 손이 닿지 않는 등 뒤의 점처럼

숨어 있었더라

이제는 그립지 않아도 되는 시간

일부러 그리워하지 않는 시간…

그날

내가 웃었더라

그대를 보며

무슨 말인가를 하려는 표정으로

그렇게

그리움에게 안부를 묻지 마라

간 다

고마웠다
소식들아
내 마음 달뜨게 했던
모든 정보들아 지식들아
내 마음의 자식들아
그대들의 셈법은 나의 무덤
끝끝내 마주치는 골목의 어둠

모든 방법들아 수단들아
내 오랜 벗들아
내가 버린 세상의 모든 공식
뿌리친 가로등의 달콤한 위안

나는 간다
시새움의 강 건너
새벽안개 자욱한 불확실의 땅
들꽃 향기 가득한 벌판으로 간다
이슬 묻어 시린
시간 속으로 간다

마 음 밝 은
편 지

편지를 여러 번 반복해서 읽으면
편지 속의 글씨들이 요술을 부립니다
더러 감추어진 글씨들도 있고
더러 쓰여지지 않은 말들도 있습니다
더러 긍정이 부정으로 읽히고
더러 부정이 긍정으로도 읽힙니다
편지를 여러 번 반복해서 읽다보면
결국 보낸 이의 마음을 읽어

낮에 온
마음 밝은 편지를 읽고
밤늦도록 울기도 합니다

—그리움에게 안부를 묻지 마라

저 녁 이 나

하루 한나절
그대 소식 없이 주무셔도
세상엔 아무 탈 없어요
한 달포 그대 세상 밖에 있어도
세상은 홀로 바빠요
한 해 두 해 그대 저승에 먼저 가도
걱정할 시간 없어 세상은 몰라요

안다면 그 또한 무슨 대순가요
저녁이나 든든히 잡수세요

—그리움에게 안부를 묻지 마라

풀 여 치

부질없음을 알게 되는 데
긴 시간을 들였습니다
허망함과 담을 쌓고
부질없음과 사귀었습니다
애써 바른 연지도 곤지도
세수한 얼굴만 못하다는 것을
입 다물어도 이가 시린 새벽
암만 먹어도 허기지는 저녁
당신의 이름을 부르다
알게 되었습니다
비로소 심장이 깨어나고
개망초꽃 위에 앉은 풀여치가 보였습니다

갈 수 없는 날들—

5장

Story

&

詩

아내는
스스로
야생초
입니다

———

집도 절도 돈도 없는

서른세 살의 남자.

최고의 소원이 뭐냐고 물었더니

여자 만나 애 낳고 사는 거래.

저 사내의 최고 소원을 들어줄 여인은

지금 어디에 있을까.

있기나 한 걸까?

가정이란 그런 게야.

핏덩이로 고아원에 넘어와

그리워하려고 해도 그리운 얼굴이 없는 사내

자기도 그리워할 아내

그리워할 아이가 있어야 하지 않겠냐고

내게 묻는 것 같데.

난 너무나 가진 것이 많아

다음 말을 못하겠드만.

—그리움에게 안부를 묻지 마라

아내는 스스로 야생초입니다 ─

—그리움에게 안부를 묻지 마라

그날 목사님은 목청을 높여 말씀하셨다.

여러분 하나님보다도 가족을 더 사랑하십시오.

예배당 내의 좌중이 웅성거렸다.

무슨 말씀을 하시려고 하나?

너무 세속적인 신도들의 모습을 나무라시나?

나도 그러니까 여러분도 그러세요.

신도들이 조용해졌다. 안심하는 것 같았다.

가족을 사랑하지 않고 하나님만 사랑하면 그것이 온전한 사랑입니까?

가족을 사랑하지 않고 예수님만 사랑하면 그것이 진정 사랑입니까?

하나님보다도 예수님보다도 가족을 먼저 사랑하십시오.

그러면 진정으로 하나님을 사랑하실 수 있습니다.

그래야만 진정으로 예수님을 사랑하실 수 있습니다.

하나님보다도 가족을 더 사랑하십시오.

이 말씀에 취해 남산을 돌고 돌아 사철 예배당엘 다녔었다.

아내는 스스로 야생초입니다—

새벽 빗소리에 잠에서 깨었다. 몇 시쯤 되었을까.

골수로부터 맑은 물이 흘러내려 발끝까지 다 씻어내리는 느낌의

속 시원한 장맛비가 내렸다.

아! 개운하다! 세상 먼지 다 가라앉겠다 싶었다.

아침에 깨어나 세수를 한 뒤 까지도 비는 내렸다.

다시 밤이 올 것처럼 사위가 어둑신했다.

꿈에 본 아내의 얼굴이 점점 작아진다는 생각을 했다.

남자는 여자의 정성을 못 따라간다.

벽에 붙어서 군소리 한마디 않고 24시간 나를 보고 있는 식구들.

한 덩어리씩 가슴속에 참는 말을 품고 있는 식구들.

어느 날 마술봉을 코앞에 흔들어줄게.

깨어나 하고 싶은 이야기들을 다 하렴.

밤새워서라도.

—그리움에게 안부를 묻지 마라

언제 우리가 이런 시간 속에 살겠어?
당신하고 연애기간 짧았다고
하나님이 자꾸 연장시켜 주시는 거니까
그냥 빙그레 웃자.
다음 스테이지를 준비하는 시간들이니까.
부활은 예수님만 하시는 게 아냐.
그리고 부활이 죽었다 사는 것만이 아니야.

당신의
일상 속에
내 가　　　부 활 할 거 야　.

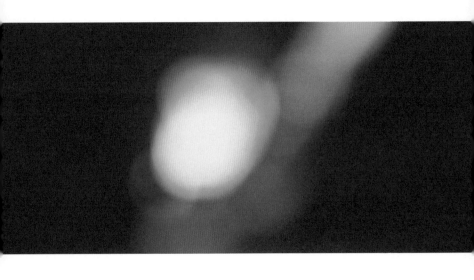

—그리움에게 안부를 묻지 마라

지금까지의 당신의 인생은 정말 잘 살아온 거니까
마음속에서라도 할퀴고 상처 낼 일은 없어야 해요.
당신이 나의 근간이니 나의 근간에 회의를 심지 말아요.
나의 신성한 근간에 번민을 가두지 말아요.
당신은 나의 예루살렘이오.
내 사랑.

물방울들을 바라보고 있노라니 네 살 적 도영이 생각이 난다.
제 누나가 안과 진료를 받고 있는 동안 병원 마당에서
고인 물에 빗방울이 떨어지는 모습을 보며
"물방울에게 아이스크림을 줘야지!" 하던 녀석.
그래 오늘도 물방울에게 아이스크림을 주렴!
고3 수험생 얼굴에 난 여드름이 물방울 같겠다.

──그리움에게 안부를 묻지 마라

세상 가득한 이런저런 이야기에 귀 기울이지 말자.

손잡고 밤길 가듯 조심조심 도란도란 그렇게 살자.

우리는 너무나 많은 것을 가졌어.

지치지 않고 걱정해 주는 당신 친구들 이웃들 그리고 친지들.

그 사람들과 다시 교류하고

풀어줘 당신 마음을.

—그리움에게 안부를 묻지 마라

당신 편지를 반복해 여러 번 읽으면서

웃고 웃고 생각하고 생각하고 가슴 찡하고

속상하고 보고 싶고 미안하고 안고 싶고 그러지.

식구가 없는 사람은 그 자체가 지옥이겠다 싶어.

거대한 삶의 의미를 펼치는 사람도 있더라만 난 마음먹었어.

당신이 내게 원하는 것이 그저

일주일에 두어 번 일찍 들어와 저녁 먹고 동네 같이 걷자는 것뿐인데

그걸 못해주고 살았나 세상에… 싶어.

뭐 훌륭한 세상 비즈니스가 존재한다고.

무슨 대통령이라도 된다고.

양재천 개나리 참았다 피거나 올해는 건너뛰라고 해.

그 산보가 이렇게 생각이 나냐?

비가 오고 눈 내리는 그 사소함으로 사랑의 이름을 부른다더니.

누워

▬

누워 내 곁에.

우리 사랑하자.

네 머리카락을 쓰다듬고

고운 네 귓불을 만지고

이마를 만지다 눈썹을 쓰다듬고

네 눈에 입 맞춘다.

콧날을 따라 내려오다 두 볼을 손바닥으로 쓸어보다가

해지도록 당신이 흘린 눈물 골을 손가락으로 따라간다.

서서 흘리던 눈물 길,

옆으로 고개 돌려 흘리던 길.

눈물이 흐르다 귓바퀴 안으로 흘러들었을 그곳을 따라가본다.

더러 눈물이 콧등을 넘지 못하고 베개 위로 뚝뚝 떨어졌을

눈물 정거장도 따라가본다.

우는 소리조차 내지 못하도록 짓눌렸을 가슴저림이 솟아올라

빠알갛게 달아올랐을 두 볼.

닿을 듯 말 듯 입 맞춘다.

어디랄 것 없이 어둠 속 멍하니 쳐다보았을 그대 두 눈이

가만 감겼다 다시 뜬다.

—그리움에게 안부를 묻지 마라

그러다 다시 눈을 감는다.

주루룩 눈물이 흐른다.

어디에서 솟는 것일까.

줄줄줄 샘물처럼 하염없이 흐른다.

눈에 보일 듯 말 듯 바르르 떨던 그대 더운 입술.

내 눈에 흐려져 어른거린다.

그냥 가만히 끌어안는다.

사랑한다.

—그리움에게 안부를 묻지 마라

—

카피된 파일

—

나는 너를 따라다닌다.
네가 아침에 일어나
뒷머리를 쓸어 올리며 기지개를 켤 때도
화장실에 갈 때도 아침 샤워를 할 때도
식탁에서 가는 하품을 할 때도
나는 너를 따라다닌다.
책장을 넘기며 커피를 마실 때도
멍하니 창문을 통해 밖을 바라볼 때도
화분에 물을 주거나 틀어진 그림 액자를 매만질 때도
입고 있던 잠옷을 벗고 츄리닝을 입을 때도
신문을 펼쳐 들고 고개를 갸웃거리며
오늘의 운세를 읽을 때도
발가락을 꼬무락거리며 페디큐어를 바를 때도
양치질하며 거울 속 하얀 거품 보다가 혀를 내밀어 볼 때도
나는 너를 따라다닌다.
슈퍼에서 계산대를 지날 때
네가 신용카드를 꺼낼 때
포인트를 물어볼 때
그리고 짐을 든 네 팔목에 핏줄이 도드라질 때도

난 널 따라다닌다.

친구와 차를 마시는 중에

핸드폰이 울려 잘 들리지 않아

네가 고개를 조금 숙이고 집중할 때

운전할 때

옆자리에 핸드백을 놓고 내비게이션을 만질 때

횡단보도에서 머뭇거릴 때

백미러에 치아를 비춰볼 때

앞 차가 위험하게 급정거했을 때도

내가 너를 따라다닌다.

해가 뜰 때 해가 질 때

비 오는 밤이나

눈 내리고 새벽에 바람 부는 날이나

날이 더워 몸에 걸친 모든 것이 무거울 때

그때도 난 너를 따라다닌다.

화장을 지울 때

거울 앞에 앉아 우두커니 지난 하루를 생각할 때

약간 후회되는 일을 생각할 때

가벼운 피곤이 어깨에 내려앉을 때

여러 번 손을 애써 씻을 때

잊어버린 약속이 생각날 때

스킨을 바르고 로션을 바르고 나이트케어 제품의 뚜껑을 닫을 때

불을 끄는 스위치의 딸깍 소리가 들릴 때

사사사삭하고 침대보 젖히는 소리가 들릴 때

잠을 청하며 천장을 쳐다볼 때

밖에서 오는 잔광이 촛불처럼 느껴질 때도

나는 너를 따라다닌다.

뒤척일 때

어쩐지 다리 한 쪽이 허전해 이리저리 돌아누울 때

베개를 고쳐 벨 때

그러다 베개 냄새가 느껴질 때

괜히 한 손이 옆으로 뻗어갈 때

내가 너를 따라다닌다.

사랑할 때처럼 내가 너를 따라다닌다.

이제 너도 나를 따라오너라.

모든 수식을 털어버리고 가자.

같이.

내 속에는 당신이 고스란히 있다.

나의 살 속에

나의 뼈 속에

나의 핏줄 속에

그대로 내 속에 온전히 들어 있다.

카피된 파일처럼

내 속에 그대로 있다.

—그리움에게 안부를 묻지 마라

당신, 내키지 않음 교회 가지 않아도 돼요.

기도하기 싫음 하지 않아도 돼요.

무엇이든 당신 마음이 내키는 대로 하구려.

그것이 하나님이 바라시는 걸거요.

마음에 바람구멍이 나면 주저앉을까봐

성경을 줄쳐가며 시험공부하듯 읽고 있소.

때로 기도도 해.

이 밤 사무치게 당신을 그리며 사랑하오.

세상에 하나뿐인 당신.

당신이 나의 종교라오.

—그리움에게 안부를 묻지 마라

아들아.

항상 네 나름대로 세상일을 가늠해 보고 지혜롭게 헤쳐 나가렴.

지금 같은 반에 몇 십 명이 함께 입시공부를 하고 있어.

함께 가는 것 같아도 각기 다른 자신만의 길을 열심히 가고 있는 거야.

모두가 자기 인생이라는 소설책을 살아가는 거지.

네 소설책에 어떤 내용들이 담겨 있을까.

사뭇 궁금해.

너는 내가 훔쳐보는 한 권의 소설책.

읽다보면 뒷장이 늘 기대되는 놈.

내 인생의 소설책에 조연이면서 주연처럼 느껴지는 묘한 녀석.

딸!

황홀한 섬이 하나 있어.

많은 사람들이 그 섬에 가고 싶어하지.

그런데 정작 그 섬에 가 닿는 사람은 많지 않아.

가고는 싶은데 일기예보도 안 좋고 파도가 일 거라고.

갔더니 별 볼 일 없으면 어떡하냐고.

같이 가자고 나서는 아이들도 없고.

다른 친구들은 벌써 산으로

놀러가자고 하고.

 그래서 사람들은 배를 타지 않고 자동차로 여행을 떠나.

여행은 역시 육로가 안전하다며.

그 섬이 좋다는 말은 들었지만 결국은 가기 힘들고 어렵고 위험하다고.

실제로는 별로일 거라고.

 그 섬은 마음을 따라가야만 다다를 수 있는 신비한 섬이거든.

친구들이 다 떠난 부두에 서서 외롭게 발을 내디뎌 배에 오르고 나면

거짓말처럼 날씨도 맑아지고 파도도 가라앉고

따뜻한 햇살이 섬에 도착할 때까지 볼에 와 닿아.

너는 그 섬에 꼭 갈 수 있을 거야. 아빠 마음속에 있는 그 황홀한 섬.

겁먹지 마. 그리고 잊지 마.

너의 섬.

—그리움에게 안부를 묻지 마라

—그리움에게 안부를 묻지 마라

며칠 전 TV에 예순이 다 되어가는 한의사네 부부가 시골에 터 잡고 살면서 인근 마을의 노인들 침 치료해 주며 따뜻한 말로 벗해드리는 얘기가 나오더라.

그 한의사 말이 어느 날 문득 언제까지 이렇게 나를 위한 삶만 살다가 갈 순 없지 않나 하는 생각이 들더래.

그러던 중… 환자 중에 마비환자가 있었는데 그 사람이 시골 농부였대. 그 아저씨 웃는 모습이 너무 좋아서 꼭 고쳐주고 싶은 생각에 무작정 그 아저씨가 사는 경북 봉화 생활을 시작하게 된 거래.

남편 뜻 따라 평생 살아온 서울을 두고 선뜻 따라나선 그 부인이 더 대단하더라.

죽어서나 놓을 거라며 어딜 가나 두 손 꼭 잡고 다니면서 남편은 치료하고 부인은 뒷수발해 가며 살아.

감사의 뜻으로 시골 어른들이 차려내는 밥상을 즐겁게 먹는 모습을 보는데 지금껏 살아온 중 요즘이 가장 행복하다는 그분의 웃는 얼굴이 곧 하나님이더라.

사람들이 왜 느닷없이 시골이나 낯선 남의 나라로 삶의 터전을 옮기고 싶어하는지 절실히 느끼던 중에 만난 이야기여서 부족한 내 생각을 꽉 채우고도 남데.

아내의 이야기

서로 죽어라 미워하면서 사네 못 사네 하는 부부들이 어떻게든 살아보려고 부부클리닉을 찾아가면 꼭 상대방의 어떤 모습이 좋았는지 20가지씩 쓰라고 한대.

처음에는 한 개도 쓸 게 없다 둑부리면 맞잡아 사돈 남 말 한다며 눈 흘기고 난리 치다가 어거지로 쓰기 시작하는데 나중에는 내가 저랬었구나… 저렇게 비쳐졌을 때가 있었구나… 반성하고 되돌아보면서 눈물 흘리며 부둥켜안는다나?

난 자기의 어떤 모습을 좋아하나. 늘 내 얘기 재밌게 들어주는 거. 내 맘 잘 알아주는 거. 어디 가자 하면 두말 않고 가주는 거. 애들한테 좋고 멋있는 아빠 거. 언제든지 자랑하고 싶은 남편인 거. 누구나 부러워하는 신랑인 거. 만나는 사람마다 다 좋아해 주는 거. 어느 무리에서나 부드럽게 이끌어가는 사람인 거. 마사지 잘해주는 거. 울 엄마한테 잘하는 거. 내 동생 잘 챙겨주는 거. 피부 뽀얗고 하얀 거. 손 투박하게 생긴 거(계집애 같은 손 딱 질색). 느긋한 거. 영화 취향이 같은 거. 예술적 지식이 많은 거. 글 섬세하게 잘 쓰는 거. 글씨체 이쁜 거. 너무 깔끔 안 떠는 거. 아무거나 잘 먹는 거. 자다가 옆에서 깨어 있는 거 같으면 따뜻하게 안아주는 거. 말 재밌게 잘 하는 거. 늘 긍정적인 거… 20개 순식간에 꼽아지는 걸 보니 우린 부부클리닉 안 가도 되겠다.

―그리움에게 안부를 묻지 마라

내친 김에 안 좋은 것도 세어봐?

나는 더럭 겁이 났다. 아마 숨도 안 쉬고 50개는 족히 불러낼 수 있을
거다.

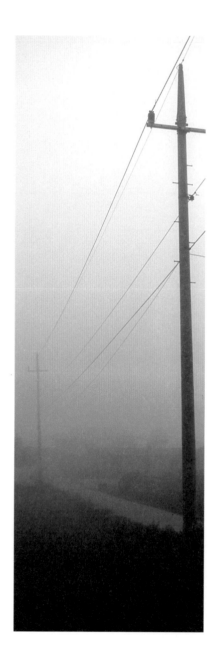

—그리움에게 안부를 묻지 마라

어머니

〈불후의 명곡〉마지막 방송에서 잘된 부분 다시보기에 패티 김이 나온다.
그걸 보고 있자니 주르르 눈물이 난다.
사십대에 혼자 되어 시동생 챙기고 자식들 챙기고 온 머리가 다 희어지도
록 중년을 살아낸 어머니 생각이 나서다.
어찌 열정이 없었으며 어찌 마음 가득 화려함이 없었겠냐.
조실부모도 서러운데 청춘에 혼자된 몸 남 몰래 밤새 우는 번민 또한
없었겠냐.
조신한 몸가짐이야 남보다 더했겠지.
혹여 철없는 세상 험담 쫓아올까봐.
서방 있는 친구들보다 더 가지런해야 했겠지.
점잖다고 감상이 베어들지 않았겠냐.
하루해가 유난 길지 않았겠냐.
어느 남정넨들 궁금하지 않았겠냐.
너를 들판 긴 터널 부처님 그림자 따라 땀 뻘뻘 흘리고 돌아서니 일흔.
같은 시대를 무대에서 살아 가슴 드러내놓고 소리 지르는 패티 김을 보면
서 열심히 사는 것도 잘 사는 것도 훌륭하게 사는 것도 조신하게 사는
것도 다 별 차이 없는 시간대로 접어드는 어머니 일생이 생각나
아직 덜 늙은 사위가 주르르 눈물이 난다.

기억의 총량이 날로 줄어드시는 아버지
말씀도 따라 준다.
잦아드는 힘따라
당신 옛날들이 자꾸 서로 앞 다투어 엉킨다.
평생 공무원을 하신 92세
자식들 만날 때마다 무릎 꿇리고 같은 말씀만 하신다.
먼 곳에서 욕하는 사람보다 가까운 곳에서
잘해주는 사람 조심해라.
공직자가 가깝고 친한 사람 생기면 일 그르치기 쉽다.
용돈 받아 부자 된 놈 없다.

—그리움에게 안부를 묻지 마라

누구 말마따나 실천이 빠진 인식이란 얼마나 공허한지.

하루에도 여러 번씩 눈을 감고 우리 집에 들어가는 상상을 해요.

비밀번호를 누르고 전자감응식 현관불이 켜지면

아이들 이름이나 당신 이름을 크게 부르고

장미꽃 그림을 지나 복도의 영진이 그림들을 지나 마루로 들어가

소파에 앉았다가 양말을 벗고 윗도리를 벗고 넥타이를 반쯤 풀고

옷방으로 향하면 컴퓨터 앞에 붙어 앉은 아들이 본체만체 인사를 하고

시도 때도 없이 총을 쏴대는 게임에 넋이 팔린 아들의 뒷모습을 건성으로

보며 장롱 문을 열면 나의 적나라한 사계절 옷이 좌악 걸려 있고…

부엌에서 나는 도마 소리.

눈을 감고 보면 손에 잡힐 듯 그래픽처럼 눈에 선해.

그러면 어디에서건 안방 침대나 소파에 다시 누울 때까지 눈을 안 뜨지.

그리고 계속 누워 있으면서 상상놀이를 혼자 해.

아직도 영진이는 학교에서 늦는 모드야?

아님 맨날 입고 뒹구는 땡땡이 잠옷 모드로 바꿔 낄까?

여보 조금만 더 기다려줘. 곧 갈게.

세상에서 내가 잘한 일은 당신 만난 것밖에 없다 싶어.

스치는 바람 같은 말들에 지치지 마요.

사랑해요. 내 목숨!

—그리움에게 안부를 묻지 마라

폭우가 쏟아지는 운동장 가운데에서 웃통을 벗고 비를 맞으며 외쳤다.

사랑한다.

내 생에 설렘을 가져다준 이 모든 과정을 사랑한다.

당신의 눈물, 당신의 미소, 당신의 손길, 당신의 기도.

고통 속에서 느끼는 행복과 감사가 이런 것이구나.

골수를 씻어내리는 저 폭우 속으로 나를 따라오너라.

사랑하고 사랑하고 또 사랑하자.

내 어리석음이 생오징어처럼 날빛에 널려 꼬들꼬들해질 때까지.

쫀득해질 때까지.

오늘의 나는 내 모든 어제의 총체다.

쫀득해진 나의 생오징어를 나만이라도 사랑해야 하지 않겠는가?

쓸쓸하고 허접한 바람이 분다.

사랑한다. 내 아내.

업고 다녀도 모자랄 내 곱고 작은 애기.

인생이 턱하니 한 마리 커다란 생선처럼 파악
돼. 아웅다웅 악다구니 머리 부분은 버얼써 지
났고 우리는 어느 토막에 와 있을까. 생선뼈로
치면 어느 매듭에 와 있을까? 나머지 요리 잘
해야지. 우물쭈물하다가 살 없는 꼬리에 가 닿
을라. 굽든 졸이든 끓이든 간에 맛있게 요리해
같이 먹고 떠나야지. 애들도 조금 줄까? 지네
들 은 자 기 생 선 을 먹 고 있 잖 아 ?

—

—

\

낮에 집에 전화를 걸었을 때 당신이 여보세요 하고 받으니까 좋더라.

그동안 집에 수만 번 걸었을 전화가 새삼 감동이 되다니.

아무 장치도 하지 않은 그 흔한 일상이 얼마나 귀한 일인지.

그래서 인생은 일일이 살아보고 겪어봐야 아는 거라니까.

정말 짐작으론 어림없는 게 너무 많아.

가 닿기에.

\

─ 그리움에게 안부를 묻지 마라

\

오랜만에 내가 좋아하는 김치찌개를 먹었다.

식탁에 앉아서.

동네를 슬리퍼바람으로 가족과 함께 걷는 기쁨.

집에 돌아왔다.

제자리란 결국 지상에서 가장 편한 자리라는 뜻이로구나.

\

아 내

지금껏 내가 동물이면
아내는 식물입니다
주야로 싸돌아 기껏 먹이 물어오는 나
종일 한자리에 붙잡혀
地. 水 .火. 風.
아내는 민들레 같습니다

동물인 나는 늘
아내가 넝쿨장미 같길 바래도
아내는 스스로 야생초입니다
괜한 어깨 으쓱이며 이슬 맞는 서방
아내는 역사처럼 홀씨를 날립니다

철없는 낭군 자다 깨 뜬금없이
노란 꽃 어찌 됐나 흔들어 묻지만
아내 마음속엔 온통
일기예보만 있습니다

—그리움에게 안부를 묻지 마라

어 머 니

울을 달려가 안고 싶었지요
내 모든 허울 다 벗어 던지고
온 몸의 마디마다 그리움의 등을 달고
만나 덥석 안겨 젖 물고 싶었지요
외로움의 뿌리는
어머니,
호미로도 다 파지 못했나요
꿈속의 미소는 안심한 게 아녔나요
어머니 제 등뼈에는 그리움이 마디져
움직일 때마다 쓸쓸한 소리가 들려요

에 미

산이 골마다
바람소리 기르고
산꿩을 기르고
계곡물 기르듯
에미 자식들 데리고 우르르 와서
마음 울음 운다
어쩌자는 것도 아니고
어쩌라는 것도 아니다
그저 그윽하게 바라보다
들키지 않게 마음 운다
슬픔 같은 것이 껴들지 못하게
옷매무새 가다듬고
내게 달겨드는 자식들 바라보며
저만치서
창백한
얼굴 빛깔만으로 운다

—그리움에게 안부를 묻지 마라

아 버 지

서산 너머 해 지고 달도 없는 밤
군청 갔다 오시는 아버지 자전거 소리

구두에 묻은 읍내 바람이 되돌아가고
아랫목에 손을 넣고 몸 녹이시면

솜이불 속 넣어둔 밥 꺼내어드리고
날계란을 한 개 깨서 얹어드리네

숭늉 떠서 온 식구가 다 모여 앉아도
아버지는 좀체로 말씀이 없으시네

얼마나 힘드실까 아버지 일들은
얼마나 어려울까 세상일들은

모두 다 불을 끄고 잠자리에 들어도
아버지는 늦도록 말씀이 없으시네

6장

Story

&

詩

영원히
자라지
않는
아이
—

—그리움에게 안부를 묻지 마라

자칫하면 미워할 뻔했다.

나 자신을.

그래도 다행이지 그 선 넘어가지 않은 거.

날 사랑하기로 한 거.

그저 스쳐가는 바람이라 생각하기로 한 거.

나에게 용서를 빌자.

그리고 나를 용서하자.

나를 뺀 세상이란 내게 도대체 무슨 의미가 있단 말인가.

내가

잃지

않으려고

조심하는

거,

1. 건강
2. 균형감각
3. 희망

방아깨비의 神

—

새끼 방아깨비가 내 발자국 소리를 듣나
운동장 담벼락 구석에서 자꾸 벽 쪽으로 튀다 나동그라진다.
벽을 길이라 믿고 나가려고 하나?
손톱만 한 게 계속 벽 쪽으로 튄다.
껌뻑일 줄도 모르는 그 희한한 눈에 내가 神처럼 보였나?
수고로와 보여 얼른 자리를 피해주었다.

희망이란 그런 것이다.

그 희망이 날 속일지라도 또 걸어보고 또 걸어보고 하는 것이다.
그래서 절망의 치마끈을 조금씩 잘라가는 것이다.

—그리움에게 안부를 묻지 마라

누구든 적혀 있는 제 소설 속을 외줄로 살아간다.

손에 쥔 게 다인 줄 알지?

보이는 게 다인 줄 알지?

네 아는 게 다인 줄 알지?

너의 기억이 다인 줄 알지?

네 경험이 다인 줄 알지?

네가 영원히 살 것 같지?

네가 주인공인 소설 속의 그 결말을 너도 몰라.

이곳에선

물이 가득 찬 유리컵처럼

정서가 위험해.

그래서 나도 아주 조심조심해

나한테.

—그리움에게 안부를 묻지 마라

세상일에 시비심을 갖기 전에 내 마음속의 시비를 줄여야 한다.

세상 시빗거리가 내 시빗거리가 되지 않도록 마음 문단속을

단단히 해야 한다.

나는 세상이 아니고 세상 또한 내가 아니다.

저 꽃

담장 아래 피어 있는 이름 없는 꽃
요만한 꽃에는 벌 나비도 못 앉을 텐데 왜 피었을까?
이리 여린 잎을 내민 대지의 어머니는 무슨 생각이셨을까?
하늘을 향해 피는 하늘색 꽃
식물학자는 알겠지 이 꼬마의 이름이 무엇인지.
그리고 어머니인 대지는 이 꽃 한 송이 꺾어와 책상 위에 놓고
그림 그리고 있는 나를 아실까? 나의 의도를 아실까?
그냥 이뻐서 따온 것인데.
그렇게 피어 봄바람에 흔들리는 것이 용하다 싶어서. 고마워서….

책상 위에서 시들면 나는 이 꽃을 쓰레기통에 버릴 것이네.
흙에서 왔으나 땅에 묻힐 쓰레기들 속에 버려지겠지.
땅은 꽃을 냈지만 내게 꺾여 다시 땅으로 갈 거네.
땅은 잃은 것도 없고 얻은 것도 없고, 형체만 바뀔 뿐 비기는 것이지.
내가 그린 그림은 생각이 되어 호흡으로 새겨지고
다시 내 님의 눈에 옮겨져 호흡이 되고 허공으로 날아가네.
그림 또한 세상에서 호흡으로 비기네.
아름다워라 스러지는 세상의 오만 것들이여.
이슬과 바람과 햇볕을 감싸안던 여린 꽃잎이여.

—그리움에게 안부를 묻지 마라

—그리움에게 안부를 묻지 마라

神의 아내

책갈피에 꽃을 눌러두며, 진실로 말하건대 나는 이 꽃이 이뻐서 땄다.
이쁜 야생초. 귀엽기도 하지. 만져지는 느낌마저 좋아.
바람에 실려 혹은 누군가의 옷자락에 묻어 여기 담 아래까지 옮겨와
살포시 뿌리 내렸을 꽃. 담장 아래 햇볕이 맘에 든다고, 5월의 훈풍이
좋다고 룰루랄라 정말 부러운 것 없이 컸겠지. 쑥쑥 자라 족히 50센티
미터는 됨 직한 키. 민들레 제비꽃같이 바닥에 납작 엎드린 것들을 살짝
비웃으면서 예쁜 씨앗을 꿈꾸며 하늘거렸겠지.
난 단지 이녀석이 이뻤을 뿐이다. 내 눈에 이놈이 귀엽고 맘에 들었을
뿐이다. 그리고 어차피 서리 내리고 겨울 오면 다 스러질 것들. 책갈피에
눌러 아내에게 전해주고 싶었을 뿐이다. 그래서 꺾었다. 아무 감정 없이.
뜻 없이.

神도 때로 그러신다. 사랑하므로, 좋으셔서
나를 지극히 이뻐하시므로.

(神께도 아내가 있나?)

—그리움에게 안부를 묻지 마라

다만 모를 뿐.
사바세계의 중생은 우주의 업을 다만 모를 뿐.
자신을 기다리는 것이 무엇인지 다만 모를 뿐.
—

세상은 disorder야.

원론적으로 order라고 믿는 나의 신념체계가 순진한 거지.

하지만 그 disorder의 반복이 곧 order라는 거.

궁극은 같다는 거.

홀가분!

그 말 참 좋지?

홀가분!

하고 소리를 내보면 홀가분해지지 않아?

─그리움에게 안부를 묻지 마라

4월 하순 어느 날 마당에 날아든 배추흰나비.
봄에 꽃구경 나온 나비처럼 살자.
꽃구경 나온 나비처럼.

끝!

끝이 사랑스럽다

내게 어느 시간의 끝이 있다는 거

그 시간 뒤에 살아갈

칼에 벤 상처처럼 신선한 내일이 있다는 거

정말 축배를 들고 싶은 밤이다

그대를 두고 내 맘이 최종적으로 정리된 거

내 맘을 속이지 말자고

마음을 따라 가자고

마음이 시키는 대로 하자고

그러면 당신을 다시 볼 수 있다고…

—그리움에게 안부를 묻지 마라

그림자를 움직인다는 것

그림자를 다스린다는 것

신을 공경하되 의지하지 않는다

마음속에 빛을 갖고 있으라

영원히 자라지 않는 아이 —

유마,

누가 나입니까?

나는 바로 전부의 시간과 전부의 공간입니다.

⋯⋯그래 전부의 시간과 전부의 공간이다.

─그리움에게 안부를 묻지 마라

당신!

세상사 내 마음대로 안 되는 것이 많더라.

지상에서 발을 떼니 쓰나미더라.

잡을 나뭇가지 하나 없더라.

내 인생도 유한한 것이 확실하더라.

보석처럼 만져지는 귀한 마음이 있더라.

내가 행복한 사람이라는 걸 알겠더라.

종교가 말을 걸어오더라.

세상이 얼마나 사악한지 알겠더라.

인간이 고결하지도 비천하지도 않다는 것을 알겠더라.

노을에 물드는 내 마음이 보이더라.

결국은 백지가 가장 아름다운 것.

…행복해라.

불가에서 이야기하는 세 가지 독이 있는데

탐욕과 화, 그리고 어리석음이야.

세 가지가 서로 뱀꼬리 물듯 돌아가.

탐욕은 화를 낳고 화는 어리석음을 낳고 어리석음은 탐욕을 낳고

이 셋은 서로가 서로의 어미가 아닌데 아무 때나 서로의 자식을 낳아.

그런데 더 재미있는 것은 이 셋 중 어느 하나를 버리면 셋이 함께 죽어.

탐욕이 죽으면 화와 어리석음이 죽고

화가 죽으면 탐욕과 어리석음이 죽고

어리석음이 죽으면 탐욕과 화가 죽어.

그중 나 보기에 제일 만만한 어리석음을 만났어.

오래 노려보는 눈싸움 끝에 그녀석 제 풀에 죽더군.

탐욕도 내려놨고
화도 내려놨고
이제 더 어리석음을 범하지 않으면 돼.

—그리움에게 안부를 묻지 마라

존재

피츠제럴드의 소설 〈벤자민 버튼의 시간은 거꾸로 간다〉의 벤자민!
팔순 노인의 얼굴과 신체라는 저주 받은 운명으로 세상에 태어난
벤자민 버튼….
일곱 살 무렵 마음속에 한 여자애를 담지만 감히 노인의 모습으로
다가가지 못하지. 둘은 서로의 마음을 느끼면서도 삶의 비틀림 속에
그저 스쳐 지나갈 수밖에 없는 시간을 살아.
삼십대 후반에야 비로소 나이가 비슷해진 두 사람은 여자의 안타까운
마음속에 결혼을 하게 되고 인생 최고의 행복한 몇 년이 선물처럼 그들에
게 주어져. 세월이 가고 아이가 생기자 벤자민은 그 아이와 같은 나이가
될 자신의 모습을 아버지로서 차마 보여줄 수가 없어 그들 곁을 떠나.
그리고 수년 뒤 흘러흘러 치매 걸린 아이의 모습으로 할머니가 된 아내에
게 맡겨지게 되고, 그녀의 품에서 갓난아이의 모습으로 세상을
마치게 된다는 일종의 판타지.
《위대한 개츠비》처럼 운명에 휘어잡힌 채 살아갈 수밖에 없는 인간의 슬
픔을 차가운 관찰자의 눈으로 바라보는 재미가 꽤 있더라.

그런데 실제 현실 속에서 점점 애기가 되어가는 슬픈 남자들이 넘쳐나고
있 는 것 같아. 어떨 때보면 남자들이란 다 철이 안 드는 동물 같기도
하고. 운명적으로 남자들이란 결국 애기가 되어가는 존재인가.

나   만   그   런   지 ?

세상에서 가장 지독한 운명 중 하나…

인도 카슈미르 지방에서 태어나 한 30년 혹은 50년 평생을 짐꾼으로
살다가 일생을 마치는 남자들의 이야기를 담은 다큐멘터리야를 봤어.
카슈미르가 심한 분쟁지역이다보니 일자리가 없어.
그래서 가족을 책임져야 하는 남자들이 일을 찾아 모여드는 곳이 심라.
해발 2,000미터가 넘는 고지대 마을이야.
이곳은 옛날 식민지 시절 여름 수도로 사용하던 지역이라더라.
워낙 지대가 높다보니 마을도 경사가 심한 언덕 위에 펼쳐져 있어서
기차나 자동차가 닿을 수 없는 곳이야.
그래서 여행객의 짐이나 생필품, 가구, 목재, 심지어 세 사람이 동시에
들처메야 하는 대형 기름통까지 상상을 초월하는 각종 짐을 등으로
져 날라.
이렇게 하루 종일 짐을 져 날라야 하는 사람들의 숙소는 강당 같은 곳인데,
골판지 하나를 깔고 자는 게 전부이고 새벽 3시만 되면 일어나 기도를 해.
끼니는 오직 아침식사가 전부야.
하루 종일 물 한 모금 안 마시고 몇 발짝도 감당하기 힘든 무게의 짐을
지고 하루 서너 번씩 그 언덕을 오르내려.
극도의 금욕과 절제와 노력으로 3-4개월 뼈 빠지게 일한 다음 받는 돈이
우리 돈으로 30만 원 정도.
한 달에 10만 원 벌이인 셈이지. 하루 3,000원 남짓한 돈.
그 정도의 돈이 모이면 네 종류의 교통편을 갈아타고 24시간 가야 하는
고향엘 한 번씩 다녀와.

—그리움에게 안부를 묻지 마라

그게 희망이고 삶이고 사랑이겠지.

짐꾼들 중 한 명이 고향에 오고 가는 날이면 인편에 소식 전하고 고향 소식 듣고 싶어서 축제처럼 모두 기차역에 나가.

평생 지속되는 그 고행을 견딜 수 있게 하는 것은 오직 신과 가족이래.

유난히 골이 깊은 이마 주름을 가진 사십대 말의 남자 짐꾼이 등짐을 기대놓고 카메라를 보고 이런 말을 하데.

"이 일을 하다 힘이 들면 왜 신이 나를 이렇게 힘들게 하실까 싶다가도 이렇게 살게 하시는 이유가 있으시겠지 해요."

그가 믿는 신은 이슬람의 신 알라야.

알라도 자기를 믿는 사람들을 너무 사랑한 나머지 죽지 않고 견뎌낼 만한 고통을 날마다 주시는가봐.

—그리움에게 안부를 묻지 마라

한 가지 확실한 것은
여기서 내가 더 낮아질 곳은 없으니
더 낮아질 일 없다는 거.
그리고 그간 열심히 살았다는
자　　기　　최　　면　　　.

역설적으로 들릴지 모르나 난 지금 행복해.
많은 것을 잃은 줄 알았는데 잃은 게 없어. 잃었다면 그냥 작은 걸 잃었고
더 많은 것을 얻었다 싶어. 잃은 것을 제외하고 모든 것을 얻었으니까.
꿈에도 생각 못할 내 인생의 두 번째 기회가 낯선 얼굴로 날 기다리고
있잖아.
이 산속에서 내 인생의 남은 시간들을 실체적으로 따져보고 느끼게 된
거니까. 시간이 마냥 기다리고 있는 것이 아니다. 지금의 하루 날빛을
음미해라…. 허투루 흘려보낼 시간들이 아니지. 더욱이 지겨워하며
흘려버릴 허드렛시간들은 더욱 아니고. 결국 인간은 누구나 사형선고를
받은 사람들이라잖아. 태어남과 동시에 말이야.
나의 기고만장하던 氣가 조금 누그러져 편해. 안하무인이던 대결의식도
조금 줄었고. 아까운 내 삶의 시간에 다른 사람과의 대결의식 속에 낭비
할 부분들을 덜어낸 셈이니까.
남과의 관계 속에서의 나가 아니라 진짜 나의 시간, 나의 가족, 나의
우주…. 아! 털어버리니 얼마나 홀가분한지. 둥둥 떠 있는 삶을 버리니
얼마나 개운한지. 지루한 하루보다 눈을 반짝이며 지낸 한 시간이
더 값질 거라.
나는 이 산속에서 너무나 많은 것을 깨친 셈이야.

─그리움에게 안부를 묻지 마라

—

—

나라는 사람을 간추리고 간추리면 뭐가 남을까?
나의 뼈 地 나의 살 水 나의 체온 火 나의 호흡 風
가족이라도 잘 건사하는 소인배가 되어 살고 싶다.

—

이제 알맞게 주름이 생겼다 내 얼굴
아무런 굴곡이 없는 얼굴은 싱겁잖아.
마치 간을 맞추지 않은 국물처럼.

여 기 까 지 오 느 라 수 고 했 다 .

　　　　　　　　　　　　　　　—그리움에게 안부를 묻지 마라

지금 이대로의 내가 좋습니다.

이대로 두고 사랑하려 합니다.

내가 나를 사랑하는 것이야말로 세상살이의 근간이니까요.

내가 나를 사랑해야만 내가 다른 사람을 사랑할 수 있으니까요.

내가 나를 사랑해야만 내 아내를 사랑할 수 있고

내 자식들을 사랑할 수 있고 가족들을 친구를 친지를

사랑할 수 있으니까요.

정말 난

하나님보다도 수만 배 나를 더 사랑합니다.

地水火風의 세상에 티끌이 되는 날까지 나를 사랑합니다.

책은 읽을수록 내가 모르는 것이 많다는 것을 말해준다.

자신이 천재인 줄 착각하며 살다가 지극히 평범하다는 비밀을 깨치는

과정이 인생이라고 했던가.

대단한 걸 발견했다. 참….

\

지금껏 만났으나 피하고 싶은 사람들을 다 용서했다.

그리고 등 두드려 보냈다.

이제 고마운 사람들만 가득이다.

\

말없이 손빨래를 하던 시간들

설거지를 하고 자리를 펴던 순간들

여러 장의 가족사진

가까이 다가오던 건너편 벽

하수구의 물소리

지그재그로 포개놓아 물 빠지기를 기다리던 식기

포카리스웨트 병에 담긴 커피 물

수저와 물컵

종교행사에서 온 먹다 만 팥떡

채널이 고장난 TV

오전 10시 30분에 배달되는 신문

잇몸의 출혈을 잡아주는 이가탄

눈을 위해 먹는 토비콤

벽에 붙은 손목시계

먹다 남은 은단

제크 크래커 곽을 접어 만든 연필꽂이

딱풀

서류 묶는 검은 끈

우표

편지지와 봉투

존슨즈 베이비로션과 도브 모이스처 바디로션

사각면봉과 삐콤씨 병에 둘러진 노란 고무줄

─그리움에게 안부를 묻지 마라

방울토마토
영어와 한자가 인쇄된 두루마리 휴지
책상 위 비닐 아래 노무현 서거 1면 기사와 사진
쓰다 남은 포스트잇

그리고 가로 일곱 뼘의 내 방
남은 내 체취

마지막 밤을 맞는 식사도 마치고 더웠던 하루해의 잔광에 싸여 있다.
의미 있는 여행이었고 미안한 외출이었고 쉽지 않은 날들이었다. 내가
지닌 것들을 다 꺼내 햇볕 아래 말려야 했던 시간이었고 상실이었고 소득
이었고 불행이었고 행운이었고 무지의 시간이었고 깨우침의 순간들이었
고 어서 가버리기를 바라던 시간들이었고 그 또한 금쪽같은 그대와 나의
젊은 날들이었다….

별

내 마음밭에 심을 별 하나 고르지 못해
눈을 닦다 잠이 듭니다
호수 가득 누가 별을 널어놓았습니까

—그리움에게 안부를 묻지 마라

마 음 속 의 아 이

마법인 듯
영원히 자라지 않는 아이 하나
내 속에 떠억하니 살아
나를 끌고 다닌다
육신의 자식들은 절로 자라
철들고 크는데
내 마음속 아이는
어른인 나를
안개속이나 자작나무 숲으로
제 맘대로 끌고 다닌다
내가 아버지인데
제가 아버지인 양
…어린 것이…
나를 끌고 다닌다

고 단 자

세상 셈법에서 나는 고단자였다

누군가를 겨누지 않고 팔을 휘둘러도

상대방이 지레 겁을 먹거나

한눈팔다 맞아 쓰러졌다

위만 보고 걷다가 문득

발에 걸리는 사람을 내려다보면

더러 코피를 흘렸다

나는 주먹질을 모르나

소문난 격투기 선수였다

이런 내게 누가 감히 덤비겠냐며 시시하다

의기양양해 링 밖으로 뛰어내렸다

그런데 갑자기 내 이마가 무엇엔가 부딪혔다

링 바닥에 나동그라졌다

사방을 확인하고

다시 한 번 시도했다

쾅! 마찬가지였다

그러다 링 밖의 사람들이 재미있다 아우성치는 모습이 보였다

하지만 내겐 들리는 소리가 없었다

아우성과 적막

나는 링 사이드로 가서 허공을 만졌다

아뿔싸

내가 두드려도 소리가 나지 않을 만큼

튼튼한 유리벽이 사방을 막고 있다

링에 갇혀 있다

내가 세상 시선을 다 가둔 줄 알았는데

세상 사람들이 나를 가두었다

나는 세상 셈법에서 초보자였다

굳 이
혹 은   박 제

어떤 그림을 좋아하느냐고
굳이 화가의 이름을 말하라고 하면
나는 에곤 실레의 그림들을 좋아한다
일단 한 점도 절대로
내가 소유할 수 없음이 좋고
그가 이 시대의 사람이 아니어서 좋다
그가 사람을 육포처럼 그린 점이 좋고
보다보면 나도 육포가 되어가는 것 같아 좋다
종종 그리다 만 것처럼 그림을 끝냈지만
삶에 대한 그의 시선… 서늘한 저편이 좋다
그의 화폭 속에 들어가
눕혀 그린 여인 옆에 따라 누워
때로 나는 박제가 되고 싶다

—그리움에게 안부를 묻지 마라

귀 머 거 리
기 계

오늘도 나를 몰고 다니는
'나'라는 기계
어디 고장이라도 나면 딱히
갈아 끼울 부품조차 없는
내게는 한 대밖에 없는
단출한

복잡한 기계

생각도 하고
사랑도 하고

그러다 이슬처럼
저절로 스러질 기계

자 이제 반세기를 돌았다
떠나온 곳으로 돌아가자

　　　　　　　　　　　　　　　—그리움에게 안부를 묻지 마라

아무리 졸라도
아랑곳 않고
제 길로만 내달리는

귀머거리 기계

그 · 1

그는 죽었으나 아무도 알지 못하였다

젊은 날 피 끓는 사랑도 있었으나

아무도 기억하지 않았다

그 사랑의 대상이던 애인도

기억하지 못했다

그는 아무런 조사도 만장도 없는 장례의 주인공이었으나

그가 주인공이라는 것을 아무도 생각하지 않았다

그냥 폐비닐이나 바나나 껍질처럼

그는 오래 숨 쉬던 그 숨을 거두고 버려졌다

地, 水, 火, 風의 커다란 입이

마뜩치 않은 표정으로 그를 삼켰다

그가 태어났을 때 반기던 사람들은 더 이상

이승의 사람들이 아니었다

─그리움에게 안부를 묻지 마라

그 · 2

그에게 곁을 준 건 또 다른 그였다

평생 그는 온기를 찾아 헤매었으나
품속에 늘 소슬바람이 숨어 살았다
아침부터 밤까지 숨이 붙어 있는 시간 모두
그는 혼자였다
들리는 부엉이 소리에도
아궁이의 장작 타는 소리에도
그의 외로움이 함께 섞여 소리를 냈다

그의 그림자가 발자국 소리를 내며
그를 따라다녔다

그 · 3

웃는다

외발로 지하철을 돌며 볼펜을 파는 그

어디서 다리를 잃었을까

더러 외면하고

일부러 조는 사람들 앞에

겅충거리며

그는 계속 혼자서 웃는다

아무도 관심 없는 중국산

알록달록 볼펜을 한줌 쥐고

무엇이 좋은지

숙취에 쓰린 배를 움켜쥐고

생계를 위해 살아간다는

두 다리 샐러리맨들 앞에

살래? 하고 묻듯 얼굴을 디민다

그 · 4
첼 리 스 트   H

그날따라 사람도 달빛도 마당에 가득했다
나이 들어 뜻하는 바가 있어
낙도 무료연주여행을 떠난 첼리스트는
흰 머리칼을 흔들며
손끝에 익은 오랜 곡들을 연주했다
현의 떨림이
첼로를 실제로 본 적 없는
마을 사람들의 가슴에서
점점 더 쥐어지는 주먹 속으로 스몄다
기침소리 하나 없고
숨 쉬는 소리마저 다 멎었다
밤기운을 따라
음악이 대문 밖을 오갔고
어슬렁대던 누렁이도 흙담 위의 애호박도
듣는 것만 같았다
연주에 취한 첼리스트가
반쯤 감긴 눈을 들었을 때
눈물을 흘리는 한 소녀가 눈에 띄었다

나의 연주에 눈물을 다 흘리다니…
잘했다 정말 떠나오길 잘했다
그는 자신을 칭찬하며
남은 연주에 혼신의 힘을 다했다
그렇게 연주가 끝나고
사람들과 박수소리가 흩어졌지만
감동하던 그 소녀는 흐느낌 속에
얼굴을 감싸고 떠날 줄을 몰랐다
달래야 하나…
비릿한 느낌이 달빛에 묻어났다
그가 머뭇거리는 사이
어미 되는 이가 소녀를 찾으러 왔다

"죄송해요. 소리를 못 듣는 아이라 끝난 줄을 모르네요."

그날 밤 연주자는
달빛 가득한 텅 빈 마당에 서성이며
새벽이 다 되도록 잠을 이루지 못했다

─그리움에게 안부를 묻지 마라

오늘 그는 죽었다
출장길
사인은 심근경색
그가 죽음을 맞이했을 때
어떠했는지
신문은 알려주지 않는다
소속 그룹사의 병원에서 장례식 한다는 기사
그리고 증명사진
젊은 시절의 육덕 좋은 피사체
사장이었던 그는 지금 없다
지상에서 영원으로 출장 보내졌다
더 챙겨야 할 서류가방도
급한 현안도 없다
그를 포함한 그 누구도
그럴 줄 몰랐다
그의 심근도 경색될 줄을 몰랐다
그는 내 나이
그는 가고 나나 당신은 살아있다

그 · 6

돎을 못 보고 에미가 죽었다
남겨진 핏덩이
애비보다 조부모 눈에 박혀
세상 사랑 듬뿍 받았다
비오면 등에 업혀 학교에 가고
점심엔 항상 더운 밥을 날랐다

"돈으로나 정으로나
남 도울 양이면
돌아올 몫 생각 마라
헤아리면 마음에 그늘이 생긴다"

"산에서 아! 외치면
아! 소리 돌아오고
어! 하고 소리치면
어! 소리 돌아온다"
구순하라고
말 삼가라고
어린 손녀 무릎에 안고 조부가 일렀다

—그리움에게 안부를 묻지 마라

이제 칠순의 그녀
반백이 넘은 머리 곱게 빗고
앉은 자리 삼가며
만나는 사람마다
제 귀에 박힌 그 얘기를 한다

그녀는 어느 새 제 조부가 되었다

어 른

나이가 들어 결혼하고 자식을 가지면
어른이 된다고 믿었다
어른이 되면
근엄하게 말하고 바르게 걸으며
교과서처럼 살리라 믿었다
먹는 것도 아이들과 다르고
즐거움도 아이들과 다르고
삶이 어른이 되리라 믿었다

나이 들고 결혼하고 자식을 가져
이름 대신 아이의 아빠로 불릴 때
날짜 지난 신문처럼 하루가 넘어가고
아이가 먹다 남은 과자를 먹었다
아이 같은 즐거움에
아이 같은 생각 속에
아이처럼 살았다
유독 아이 같은 부분만 남은
어른이 되어 살았다

──그리움에게 안부를 묻지 마라

에 이 리 언

심장박동 사이사이
두세 개의 음표가 끼어든다
이 여분의 두세 개는 누구의 것일까
궁금하다
움찔움찔 내 가슴을 쥐었다가 놓는
제 마음대로의 심장
내 심장 속에 누군가의 심장이 숨어들었다

내 몸 속에 살고 있는 또 다른 나
내가 되어버린 너
혹 당신인가
에이리언

낮 술

어렵지도 않은 현실을 습관처럼 힘들어하며
사내는 잔을 비웠다
얼마간 마셔도 얼굴에는 까딱없다며
딱 한 잔을 더했다
잉잉 벌떼 같은 해가 내리쪼이는 길
바람이 불자 그가 흔들렸다
그의 체중이 일순!
이분의 일로 줄었다

—그리움에게 안부를 묻지 마라

영원히 자라지 않는 아이 —

자 장 자 장

아무것도 아니다 내 영혼아

땅이 갈라지고 홍수가 나더라도 놀라지 말고

잘 자거라

너를 괴롭히던 모든 적들이 이 밤엔 쉰다

아무것도 아니다. 다 지나간다

네 욕망도 후회도 미련도 사랑도 다 지나간다

지나가지 않는 목숨이 어디 있느냐

모두 다 지나갔다

웃고 소리 지르고 눈물 흘리며

다 지나갔다

어려워하지 마라 내 영혼아

다 쉬운 일이다

마주쳐 네가 놀랐을 뿐이다

놀람은 이내 스러지느니

그치지 않는 미움 또한 없느니

내 영혼아

오늘 이 밤은

천 년 전의 그 밤이며 천 년 후의 그 밤이다

편한 얼굴로 가라앉은 마음으로

—그리움에게 안부를 묻지 마라

이 밤 잘 자거라

너를 사랑한다

너를 사랑한다

그리움에게
안부를
묻지 마라

낭송 詩 리스트